U0013035

好好再見 不負遇見

黃山料

suncolor
三采文化

兩個孤獨的靈魂，
理解生命的本質是寂寞。

願意相伴走到最後，
相互惦記，
生命便不再只是一個人的事情。

目錄

第三章

相伴一生的約定。

第五章

第一章

而我們，終究長成
成熟卻孤獨的大人。

曾經太年輕，
我們緊抓著一個伴，
以為擁有幸福，
便不再孤獨。

當了大人才明白，
孤獨是一個人的事，
誰也無法代替誰來面對。

你有沒有發現，年紀越大，朋友越少？二十五歲後，社會化的我們才明白，沒有人有義務懂你，也沒有人應該照顧你的情緒。而成年人的脆弱，往往一句話沒說清楚，誤會埋進心裡。或許，下一次見面就是陌生人了。

感情早散了，剩你一廂情願。

當舊時摯友已成回憶；
當再也找不到理由相聚；
當話題變得刻意；
當我們省去逢年過節例行性的祝福訊息；
當十年前埋下的時空膠囊只剩尷尬而已。
並非誰想拋棄誰，不過是各自忙碌，感情便走散了。

在一場禁止老婆或女友陪同，嚴禁攜帶老公或男友的高中同學會裡，與眾人許久未聯繫的我，儼然成為一頭珍奇異獸。

「王翔禮！」

「王翔禮，真的是你！」

「王翔禮，好久不見，我沒想到你也會回來。」

「王翔禮，外套很好看喔！你看起來跟大家很不一樣耶！在大城市待十年，真的有差齁？」

「王翔禮，你以前超普通的耶！你真的差很多。」

「欸！王翔禮，聽說你薪水很高喔！」

「王翔禮，混得這麼好，多介紹幾個妹來啊！」

喧囂中，我的名字不斷被叫喊著。

耳邊刷過一句句過度熱情的寒暄，

心裡翻白眼。珍奇異獸的我笑而不答。

並不打算回應那些目光，更令我在意的卻是……我與六年未聯繫的舊友「吳一生」重逢。隔著一張圓桌，你坐在我的正對面。

歲月確實讓你變成熟，不止於面部細紋，不止於常年健身而更加寬碩的體格。成熟是你說話總在圓場，成熟是你此刻也能與不喜歡的人並肩而坐，成熟是你認清世事無法皆如己願，成熟是你的每一句話全在體貼他人而無自己；成熟是你的行為並非心之所向，而你都接受了。

不變的是，你的眼睛總在笑，把悲傷藏著，只在那恍惚的一瞬間，我能看穿，你不再奢望有人能理解你的陰鬱。同樣的肉身外殼，同樣的眼神，我卻差一點感覺不到你。吳一生，你究竟把自己藏到哪去了……？

母校門口熱炒店，眾人敘舊。圓桌的對角線，老同學的喧嘩聲相隔你我之間。你坐在我眼前，卻與隔壁那位你根本不熟的同學頻頻聊天，你很勉強吧？夾了那麼多菜，有那麼餓嗎？一個鐘頭的時間，我不時抬頭望向你，我們的視線卻不曾交流，像是刻意。

你還在逃避我吧？能理解的。我的在場，成了你的負擔。我們之間，六年的空白，要跨越也難。

曾經朝夕相處快七年，你的小動作我比誰都清楚。你在意別人怎麼看，所以總讓自己敦厚有禮。你的自尊心是一切的前提，所以報喜不報憂。你的偶包比誰都重，所以拚命讓自己比誰都優秀。

或許，我不過想在你身上，妄想找到我們曾是摯友的證明。

又或許，我只是不接受事實而已。

曾經很要好的兩個人，為何能說不認識就不認識了？

鼻酸一陣，再一陣，雙眼已濕熱。但在我與鄰座同學的刻意暢談下，掩飾得還算完美。我談笑，我裝作聊得很投入。當我眼神注視那些不相熟的老同學，而餘光裡，是你望向我一眼，那一眼停留時間極短，轉瞬撇開。

你瞄了我一眼！什麼意思？

但令我慌亂的是，班長的聲音越過餐桌問了我們：「吳一生，王翔禮，你們不是很要好嗎？怎麼坐得那麼遠？」

頓時空氣凝結。

圓桌十二人靜默……

一秒，兩秒，三秒……

眾人在等我們其中一人發話，

這份沉默的尷尬像是持續很久……

而你只微笑揮手致意，並無回答，便繼續與你隔壁不熟識的同學攀談。眾人喧囂聲再起，看來是略過剛剛的話題了。鬆了一口氣……

突然，另一位老同學附和，再次烙下抹不去的尷尬：

「又不是情侶，男生跟男生吵架沒有隔夜的啦！」

眾人再次安靜，視線遊移在我與吳一生之間，正等著我們任一方回應。只見你點頭微笑致意，沒有說話。

你依然禮貌的微笑，但他們不曾發現，在你微笑之間，那零點一秒的眉頭一皺。你還是愛面子，一句話也沒回答，甚至，一句話也沒對我說。

而我不知所措，愣在原地。我心中無聲的回應是：「抱歉！讓你困擾了。」可我注視你的每一眼，浮現的皆是與你美好的回憶，在過往的美好與此刻過分冷漠的巨大反差中，我痛苦。我在眼淚落下前選擇先行離席，不再讓回憶將我吞噬，不再讓此刻你對我的無視刺痛我。

太在意你的一言一行，從來只是我自作多情。

六年以前，或是現在，都只有我一廂情願。

我該做的，是在往後孤獨而漫長的歲月裡想盡辦法治癒自己，而非寄望於你。你的世界，從來與我無關。我們這一生，即使走得再遠，注定也不過如此而已。

自動門打開，一股寒風灌入餐廳，我迅速和眾人大聲道別：「今天很開心，下次有機會再聚聚喔！」假話。便匆匆轉頭，讓含在眼裡太久的眼淚即將落下前，轉身離開。

我原以為那是一種告別的眼淚。

叮嚀自己一萬次的是，這次同學會，我只是來見你最後一面，為的是把六年前未說出口的再見，面對面的，凝視彼此最後一眼，好好說一遍。可為什麼，此刻我才知道，那眼淚並非因告別而生，而是期待轉為失落，獨留遺憾將我淹沒。

當我獨自在寒風中穿梭，嘴角的顫抖再也把持不住，即使抬頭也無法阻止淚水往下滑落。六年來滿溢的情緒跌落在冬夜裡，我才意識到自己的不誠實，明明期待著什麼，期待這次碰面，我們還能走回六年前……

期待見到吳一生，能讓逝去的友誼有所轉機。
期待或許我們能當作什麼都沒發生過，重新做回彼此的摯友。

此刻，我才知道，一段關係的結束，
最傷人的不是失落感，
而是永遠失去，卻永遠捨不得。

我們此生不斷與人相遇，
也不斷錯過。

即使曾經熱絡，
擦肩後，也只是路過。

直到生命的最終，
我們也不過是路過人間。

「吳一生，好久不見，之前想找你臉書，都找不到。」

「對啊！吳一生，你是不是刪我好友？」

「吳一生，你籃球還打嗎？」

「吳一生……」

「吳一生……」

「吳一生……」

當我的名字被喊了無數遍，一百個問題也無法重新連結失聯多年的老同學情誼，該忘的早忘了，該記得的也不再重要了。時間會刷淡他們存在的意義，漸漸的，青春期的友誼，對於二十八歲的我們，已不那麼重要了。

老同學遞出手機，停在臉書頁面，要我輸入聯繫方式。

「喔！我沒用臉書了，覺得麻煩，社群軟體都刪了。」我說。這是實話。

在這場禁止老婆女友陪同，不許攜帶男友或老公的同學會舉辦以前，我問過班長：「王翔禮也會去嗎？」確定了六年未見的王翔禮會出席，於是我也答應。

那些年太年輕，結束的友誼，沒來得及好好告別。這一次，或許可以好好說一句再見。

因為某些原因而中斷聯繫的老朋友……日子久了，那些心結也總該釋懷。

入座。選了距離出口最接近的圓桌位置，方便隨時應變，想走就能走。

王翔禮會坐哪裡？可能性一：我旁邊，若無其事的坐下，像所有久未謀面的老朋友般說些老套的開場白。可能性二：靠牆的座位。以他高敏感的性格，偏好那種儘量不被注意，並能方便觀察局面的位置，便是一個讓他安心的角落。

以我對他的認識，害怕尷尬且總想對自己誠實的性格，他絕對不會把這六年當作沒事。而我心中總有一絲希望，他若能沒事般坐在我身旁，那就好了。能當作沒事嗎？能不能不管從前，重新當回朋友？

王翔禮來了。好吧！是對面的角落。

或許並無不好，正背門口的位置是我，正對門口的最角落是你，相對而坐，我的餘光便能不動聲色觀察到你。

你很不自在吧！
坐在一個六年前拋棄你的壞人對面。
被好朋友拋棄的感覺，很難受吧！

你根本沒吃什麼，筷子拿著，碗卻是空的，一個小時來少有咀嚼，多是沉思。我也自覺愧疚，所以我迴避了一切會與你視線交疊的可能，只好和身旁那位早已忘了名字的老同學多寒暄幾句。

班長真的不該管太多，你旁邊那位也很不長眼，你已經避談那個話題，他們還讓你勉強。也真的抱歉，我的存在讓你為難了。飯局結束以後，若有機會玩些桌遊，或許能若無其事與你搭上幾句話；或藉著真心話大冒險與你坦誠些什麼；還是等散會的時候，藉機與你獨處。等等！你怎麼站起來了？去廁所嗎？不是。你拿了外套，你要走了？

你走向門口，而我不敢回頭。聽見你說了那些官話，什麼很開心見到大家，那不是你。王翔禮，我感覺不到你。你究竟把自己藏去哪裡了？

惋惜。自動門關上以後，我將碗筷就口，而心中的情緒是惋惜。你逃避我的存在，你連一丁點的客套都不願給我。我沒有主動與你說話，難道你就不會主動和我寒暄嗎？為什麼你還撐著那驕傲與倔強？而我又是為什麼，總把持著這點自尊心不願先開口？那年未曾好好道別，似乎又得繼續擱置了。

惋惜以外，更多的是自責，那年讓你受傷了。

為什麼，連好好說再見的餘地也沒有？

不行！放下碗筷，椅子推開，外套披起來。「臨時有急事，我先離開。」來不及理會眾人的目光，我追了出去。追出來很丟臉吧？但更重要的是，你在哪裡？我有話一定得對你說。

我跑著，喘著，搜尋你的身影。黑暗中，你在路燈下背對著我向前走。我靠近，伸出右手，拉起你左手。你回頭，含著眼淚。你轉身面對我，但我並未放手，這是什麼情緒？我竟想牢牢抓緊你？而你我之間瀰漫著口中呼出的白霧，映襯了冬夜裡，路燈下的剪影。六年過去，我對你說的第一句話，竟是「讓你掉眼淚了，對不起」……

原來，有一種不捨。
是你最希望看見他幸福的人，
在你眼前哭泣，你卻無能為力。

我在乎你，卻什麼也給不了你。

成年人總在一邊與新的關係相遇，
一邊失去舊的知己。

二十五歲後，認識的人多了，走進心裡的卻少了。因為長大以後我們懂了，輕易進入一段感情，是成本很高的。並非金錢的成本，而是那個在關係中幾次受了傷，再拚命站起來的自己，已經不像青春時，願意承受傷心的風險。

長大以後，比起失去對方的難受，我們更心疼那個——在愛裡辛苦的自己。

當曾緊握的情誼走散了，那些再無法拾回的……我們，將最好的彼此刻在心底。不詆毀，不怨懟，不糾纏。好好再見，不負遇見。

而關於吳一生與王翔禮……得從初見說起。

第 二 章

那年，初見你。

如果人生只為自己而活，
那不想活了的時候，
也只需要和自己交代就好。
我在等著，等我下決心的那天。

新的制服繡上我的名字「王翔禮」。九月一日，開學第一天，高中一年級，十五歲，不上不下，令人厭煩的年紀。似乎就是一年前的今天開始的，我發現每天早上六點二十，走往公車站牌的路上，你都走在我前面。穿著與我同校服的男子，後頸的膚色比其他部位黑了一階，巧克力色的下手臂，在上手臂二分之一處換了顏色，是色差對比極高的曬痕。大概是愛曬太陽的人吧？運動嗎？籃球？高了我一顆頭，又天天穿籃球鞋，太好猜了。

我不知道你的名字，但我知道你有五雙不同的襪子，三雙籃球鞋，雨天只穿黑色那雙，晴天是白色，紅色只在星期五穿。你走路習慣手插口袋，總在早晨六點二十準時出門。觀察你，大約是我被放棄也無所謂的生命中，唯一的樂趣。

我不知道為何，國中畢業前，某日竟萌生一份偏執，總想在早上六點二十，等在轉角，你出門後，我再跟著。我不認識你，也未曾想認識你，只是固定在早晨與一位習以為常的陌生人相遇，是我習慣的風景。

而今天，高中開學第一天，依然相同的早上六點二十，你如常出現，同一套高中制服，原來我們又同校了。下車後我依然跟隨你身後，走進校園，初次聽見你低沉渾厚的嗓音，說了一句教官早。你手插口袋的習慣沒變，鞋子沒變，變了的是命運。一年二班，我們被分配到同一個班級。

「十號，王翔禮！」

「有。」我舉起右手。

「三十號，吳一生！」

「有。」原來這是你的名字。

兩位學生將共用一張長桌。我們老師換座位的方法比較特別，他將三十位學生分成兩半，一到十五號，十六到三十號。十五號前，先進教室選座位，只能選左側，十五號後，只能挑右側。選好座位後離開，我們互相不能偷看對方選的位置。

不曉得為什麼，

或許出自於累積一年份的好奇心！

我開始預謀著……

想挑到你隔壁的座位。

吳一生會選哪個座位……？嗯，書包經常是扁的，似乎不帶書回家，絕不是好學生偏愛的前三排。身高很高，我猜有非常高的機率，一定是最後一排。但最後一排有三個選項，三分之一的機率……欸，等等！窗外是籃球場，答案是靠窗。

我推論出答案了。

以腎上腺素爆發的速度手刀，搶奪最後一排靠窗座位。

啊！

啊！

被坐走了。

沒關係，最後一排還有機會。

回頭！

竟然都被坐走了。

倒數第二排！

來不及了。

第三排！

也沒了。

都怪我剛剛思考那麼久……

「王同學，你身高不高，坐這裡好不好呢？」幾乎已經坐定的人群中，只有我依然站著而特顯尷尬，老師開口引導我坐在第一排的最角落。

角落。呵呵，也對，這位置最適合我了吧！我總是待在角落，我的話不多，不擅交際，只要能低調，我絕對做出最不被注意的選擇。

十五號以後的同學也選定座位離開教室了，我低著頭走回剛剛被分配的座位，第一排的最角落，坐下，趴著，先睡掉一堂課吧！就如過去的習慣，儘量不要惹事，曾經被霸凌的日子，令我厭倦人際關係的紛紛擾擾。最好都別記得我。

我沒有朋友，
從來沒有。
我也不需要。

「課本我幫你拿了，你要確認一遍嗎？」我睡了多久？隔壁同學也太假好心了吧！幫我拿課本？矯情！我可以當作沒聽見，繼續睡覺。「你醒了吧？」……欸！等一下，這個聲音，渾厚的嗓音。

我抬頭，是他！是吳一生，他幫我拿課本？

我沒有看錯。他黝黑的膚色襯出濕潤而粉嫩的雙唇，嘴角揚起。立體的臥蠶上有一雙愛笑的眼睛，他正眼看著我。

沒錯，吳一生坐在我隔壁，他正跟我使用同一張桌子。

怎麼會？

而且，我們將共度一整個學期。

什麼是永遠？
有幸與你相處的每一刻，都是永遠。

開學第二天，我特別練習了「戴隱形眼鏡」。昨天運氣太好了，坐在吳一生旁邊，今天，我想換個新造型，為接下來的日子做一些改變。新的學校，告別國中的校園霸凌，高中一年級，我想我能開始期待好日子。

體育課結束，手裡提著用了三年多的藍色水壺，那是小學畢業時，用零用錢給自己買的畢業禮物，我格外珍視的隨身小物。急匆匆進了男廁，站在小便斗前，水壺放在小便斗上方的檯子。突然，藍色水壺被陌生人伸手搶了過去。

「這是什麼破水壺？欸！啞巴，你是不是那個國中三年從來不會講話的啞巴？你沒戴眼鏡啊？眼鏡拿掉還是啞巴一個。快滾過來當沙包！」一眼前一位發育良好的高大男同學，下巴正對著我，稱呼我啞巴。他的身後站著另外四位同學，我抬頭，驚見晦暗的午後男廁裡，填滿了他們的惡意與恥笑。

我來不及有所反應，廁所才上到一半，還沒離開小便斗，便被推了一把，尿液濺到褲子和地上，而我跌落在牆角。

「死啞巴，你的尿噴到我了。」隨即用我的水壺砸了過來，先是擊中我頭顱上方的牆壁，碎裂後零件掉落在我身上。上課鐘響，其中一位同學提議「老方法」先把我關著，下節下課再來「好好處理」。於是，我被關進廁所最後一間，一副鎖匙扣在門把上。

我的腦子一片空白，心中的痛，是我珍惜的水壺被摔碎的難過。我蹲在地上，並沒有掉眼淚，也從不掉眼淚。我的淚腺並不發達，活到十五歲，真不記得上次哭是什麼時候。我只是蹲著，憂傷著。

下課鐘響，門外的腳步聲急促，聽到鎖匙被翻動的聲響，似乎手忙腳亂。門外的人碎唸著冗長的髒話，大概是要來處理我了吧？鎖被解開了。還是那樣吧！多年來我都這樣告訴自己「稍微撐一下」。我蹲在牆角，手臂護頭，這是最能自我保護的姿態。

「算你好運！」髒話以外，我聽見這四個字。許久之後我抬頭，試探性的推開廁所門，發現門外空無一人。我默默走回教室，看見吳一生不在座位上，我安靜的獨自走進一個人的悲傷。趴下，最後一節課，快點結束吧！終結這糟糕的一天。

最後一節課，我睡著了。結果，眼睛未睜開，耳朵先被過於安靜的空氣吵醒了，教室內悄無聲息，昏黃的夕陽已沉落在遠方，只聽見稀稀落落的鳥叫聲。大家都走了嗎？我睜開眼，晚上六點半，距放學時間已經過了兩個小時。

或許稍早的事件讓我異常疲倦，下課鐘早已響完，我完全沒聽見。坐起來，環顧四周，原來這是孤單的意思，在教室睡著，醒來才發現人都走光了。

坐在位置上，呼吸這份孤獨的氣息，一時還真不知該怎麼面對。秋風下，心底一陣淒涼，那條平日走往公車站的路，突然感覺好遠，回家的路，突然變得好長。光是面對孤單，就已用盡全身力氣。

所謂對世界萬物再也不在乎的心情，便是此刻吧！

我一點也不想前往公車站，或許他們就堵在校外？我一點也不想回家，深覺一覺醒來，明天又得回到充滿惡意的校園。

我沒有拿書包，手中空無一物，走出教室。我無意識，我心蒙塵，一片灰暗，我看見樓梯，逕自的往上走。一陣冷風吹過，心死的人並不覺得冰冷，當我回過神來，竟已站在學校頂樓。或許，今天便是下決心的那一天。

好安靜。謝謝生命的最後一刻，能如此安靜。

我從未掉眼淚，原以為是我淚腺不發達。現在才知道，這世界，原來不存在值得我落淚之事。

不必留戀。

突然，右手被抓住，好強的力道用力扯了我一把。我往右後方跌倒，卻沒有倒在地上，而是跌在你身上。「你在幹嘛？搞什麼啊！」你的表情看起來氣炸了。跟隨你多年來，從未看見你這副表情。

表情雖是生氣，你卻環抱著我。雙臂緊緊扣著我的上身，讓我動彈不得，像是我再也無法自由決定我的生命一般。

「搞什麼鬼？買個水壺的時間，你竟然想做蠢事！」

你右手扣緊著我，手指勾著一瓶霧銀色運動水壺，你遞給我。

我看見你遞給我水壺的那隻手，指節和關節處有紅腫和擦傷，是在我跌倒時被撞傷了嗎？我說了一聲對不起。你沒有回應，只示意要我收下水壺。

「給我的？」

「對。」

「你抱太緊了，我的手被你困住，沒辦法拿……」

說完，我有些不好意思。

你笑了，我竟也笑了。不過，看著水壺的我，突然掉下眼淚，你緊緊抱住我，像是安慰。你的體溫透過薄薄的短上衣，漸漸傳遞，像照亮了我的孤獨。或許，我真的再也無法自由決定我的生命，因為，我的日子，不再只為自己。

這下我才明白，從不落淚的理由，並非我無法落淚。是從前，還未遇見值得讓我掉眼淚的你。

我常想，世界上有什麼是永遠？
生命的最終，任誰都將分別。
或許，某些刻在心底的當下，便是永遠了。

靈魂流浪了一輩子，
而我不知不覺。
終於，開始期待好日子。

「腳踏車？」

「對，要不要？以後一起騎腳踏車上學？」

吳一生一開口，我毫不猶豫，只答一聲好。

你的邀約，給了我走進你世界的門票。

銀色是我，白色是你，日落，迎風，你騎在我身後，像在確保我安全般，緊緊跟隨。你成為我放棄也無所謂的生命裡，值得繼續呼吸的理由。

與你，總有種命定感，自然契合，久處不厭，相處不累，可以一直不說話，也可以隨時說話；最舒服的狀態，是在彼此面前，誰也不用表現得很厲害。

友誼的證據，
是走廊上你習慣搭著我的肩，
是我穿著繡有你名字的外套，
是那過長的袖子、長度至大腿的衣長……
是我沉溺於與你並肩的踏實感，
是你樂於拉著我走一段名為青春的路程。

從此，換了一套人生的我，換了髮型，染了髮色，拿掉眼鏡，修改制服，變了性格。而善變的青春裡，不變的是我們。

兩年多的好日子，直至今日。放學。車輪疾速轉動，我們迎風穿越步行的人群，行經車潮、人潮，而人煙逐漸稀少，草地、樹林、海堤，黃昏的光輝映照海浪上。回頭望你，背著書包的你在夕陽下，暖烘烘的，揚起溫暖的微笑。

「嘿！」你喊了我一聲。我回頭，你已下車步行。見你下車，我亦下車，站立於原地，等你緩步向我前進。

望著你，心中浮現一份單純而無限的幸福。

願待在我們的好日子裡，天長地久。

你如常主動拿起我的書包，替我背著，並肩而行，你的步伐卻呈現一種不尋常的緩慢，像是有話對我說，卻不開口。

而我抬頭看見你的臉頰正好擋住整顆夕陽，陽光順著眉骨，鼻梁，鼻尖，雙唇，走到下巴，繪出你的輪廓，你逆著光。

沉默異常。

你的語塞已經持續一整天，這很反常，你肯定有沒對我說的話。考試壓力？籃球隊壓力？身為隊長的壓力？你怎麼了？我們之間，我一定漏掉了什麼。

你家先到。說了再見的你，沒看我一眼。

我看著你背對我而去，我低下頭，準備離去。

你突然鄭重喊了我的名字。

我的全名：「王翔禮。」

你緩緩向我走來，我站在原地，回頭看你。

我從未見過如此嚴肅的你，像是做出人生最關鍵之決定一般。

「王翔禮，我有一件重要的事情，想對你說。」

我看著你一步一步向我靠近，每一步像是堅定。我只是看著你，猜想是什麼事情？什麼事情會讓你如此嚴正以待？關乎人生？關於我們？

「關於我們嗎？」我問。

「我想親口對你說。」你答。

距離咫尺之間，你靠我很近，我感覺到你的焦急，我的心跳也在我們的沉默之間，越跳越急。你的喉結上下位移，是嚥下什麼？一份膽怯？你的眼神刻意堅定，卻在直視我的那一刻，瞬間閃爍飄移。

你在閃避什麼？你的真心？

看著你，我忐忑。你想對我說的……是什麼？是我想的那樣嗎？

我已經準備好了。
這兩年來我已經準備好了。

我想過無數次未來的模樣。
我們一起畢業，一起上大學，一起長成大人。

再多困難你都可以說出口，
再多麻煩我們都能共同面對。

世界不一定充滿善意，
而我們總有替對方著想的心意。
我們保護著彼此，
我們期許給對方最好的自己，
我們願意攜手共度萬難。

我準備好了。

我願意。

我可以。

……

「我交女朋友了。」你說。

我們的世界好小。
但我的真心，你聽不到。

交女朋友的你，其實並無改變。你如常分我一半你的耳機，你仍披著我的校服外套，即使尺寸過小。當數學考卷發下，一分鐘內我猜完選擇題答案，眼睛往右側看，你竟早已停筆，擺著笑臉看我。我確定，總會有一個人陪我一起不懂數學，反正再差，我還有你呀！

你依然是你，我們仍舊是我們。

模擬考當日的午休時間，我們如常逃到運動場，躺在樹蔭下的水泥石椅。我像沒事一樣問了你：「女朋友是誰呀？你是怎麼跟她告白的？我們天天都待在一起，我竟然不知道。兄弟，你太不夠意思了喔！」裝的。

你並沒有多說什麼，只是掏出手機遞給我，你點頭的意思，是可以看。密碼？我當然知道。我輸入你的手機密碼

「0503」，這是兩年前我設定的密碼，以我生日作為密碼。

「看簡訊。」你說，而我照做。

「說好囉！我會一直愛你呦！」

誰傳來的？只有電話號碼，沒有名稱。

嗯……上一封，吳一生傳出去的：「請妳跟我交往。」

只有這樣？沒有其他對話紀錄嗎？

我遍覽整個收件夾，故作鎮定的詢問一句：

「你沒有存她電話喔？」

「還沒存。」你選擇簡答。

「她是誰？」我問。

「就上次你發現的那個女生啊！」你答。

喔！上次在籃球場的那個。想起來了，吳一生打籃球時，球場外總是聚集大量女生，大多成群結隊。而我負責幫籃球隊攝影，真心話是幫吳一生拍照。照片的背景，總會看到一個女孩，她從不與人同行，兩年來，幾乎每場比賽的照片背景裡都有她，她從未錯過任何一場吳一生的比賽。

後來我發現，其實那位詭異的女孩就在我們隔壁班，只是她的慣性沉默讓多數人忽略了她，明明只相隔一道牆，兩年來我們卻從未發現。吳一生得知後，我們曾靠著隔壁班窗檯，調戲？或開玩笑式？對她說話。我捉弄般說了一句：「妳喜歡吳一生喔！都被我拍到了。」她竟然沒害羞，直接向吳一生要了手機號碼。這件事被眾人當作笑話好一陣子。

起初我搞不清楚笑點，打探後才得知，同學們笑話她的理由，歸因於她是班上最邊緣的女同學。所謂邊緣，來自於同儕對她的評價：

「她的單眼皮，連雙眼皮貼黏兩層也無法處理。」
「聽說她左眼到右眼的距離，要搭飛機。」
「看得出她追求主流審美而拚盡全力，粉底液卻總是力不從心。」
「她總穿著一雙粉紅色雜牌破球鞋，窮酸。」

她是整個學期結束也不會被記得的女同學，她的人生像被按下了靜音鍵，她對世界沉默不語。上一次她被記得，是班上男同學晚自習時在黑暗的走廊上撞見她。男同學被嚇到，因為她皮膚黑，融入在黑夜中，從此男同學綽號她「妮哥」。

說到妮哥邊緣，
我想起自己在認識吳一生以前，我也是如此。
「我猜你們還不熟吧？」我大膽問了一句。

「講過幾次電話而已。」

為什麼你的回答，使我心裡浮現一句「幸好」？

「你喜歡她哪裡？」拜託給我一個膚淺的答案。

「喜歡哪裡……？大概是……所有人都說她古怪，其實她很聰明，常靜靜觀察事物，跟一般的花癡妹不一樣。其他女生下課就窩在一起聊八卦，但她都在畫畫，因為她確定未來要當插畫家，所以她不跟別人浪費時間。很特別對吧！甚至她也很大膽。你看那天，我們開她玩笑後，就直接跟我要電話。還有，還有！妮哥從不跟其他女生待在一起，卻也不覺得她自卑，反而有種不知哪來的自信、強悍，我有一種看不透她的感覺。」

「嗯……」你的回答不像膚淺，你似乎是認真的。

「其實她人還不錯，而且跟你很像。」你補充。

「哪裡像？」

「你以前也跟她一樣孤僻，哈哈！你們都一樣細心。聊一聊後我發現，她竟然知道我們很多事情，像是我們到學校的時間，早餐吃什麼，飲料喝什麼，放學後我跟你去哪裡，她竟然都知道。還有，你們兩個，生日同一天。」

這似乎說服了我，吳一生並不是對對方一無所知。

身為摯友，我必須支持你做的決定。

鐘聲響起，一天的考試結束，今天非常疲倦。我原以為是模擬考令人疲倦，後來想，或許是知道太多意料之外的事情而疲倦。又或許是裝出一副若無其事的樣子，令我疲倦。

我趴在走廊欄杆，閉著眼睛。

此時，耳邊傳來一聲「嘿」，是女生的聲音。

是誰……

這時候來煩我？

我可以假裝沒聽到嗎？今天好累啊……

我決定假裝沒聽到，繼續趴著，閉著眼……

讓我逃避一切吧！

然後她說了：「你男朋友交女朋友了，感覺如何？」

……

我的身體沒有移動，

再一次裝作若無其事，

但我卻徹底醒了。

我享受著各項足以證明親密的跡象，
遊走於邊緣，招搖於眾人。
卻只有身為當事人的自己最清楚……
我們的距離有多遙遠，
而我的一廂情願有多委屈。

「你男朋友交女朋友了，感覺如何？」依然趴著的我，額頭枕在右手臂上，餘光中，右側視線看見那雙粉紅色的破球鞋，是妮哥。吳一生的女朋友為何這樣對我說？她說「我『男朋友』交『女朋友了。』」問我感覺如何？若這不是一句玩笑話，那便是一種挑釁。又或者……我該相信自己真正的感覺。

那句話，其實，是一句威脅。

腦海裡排演各種可能，或許，她會開始散播謠言，藉此攻擊我們，製造尷尬，分化我們。而那三個字「男朋友」，或許就是我與吳一生的兄弟情誼之間，最脆弱的打擊點。

籃球隊的臭男生們絕對會嘲笑吳一生，受嘲諷的人要如何帶領整個球隊？他爸肯定會打死他。我們在老師與同學面前又如何能泰然自若？日常謠言都能止於智者，但她是以女友的身分，謠言的殺傷力肯定倍增。即便很久以後，謠言停止了，傷害也會留下嚴重疤痕。

身為好朋友的我，絕對不允許我最珍惜的摯友受到這些打擊。我要如何保護吳一生？若吳一生得知這則謠言，他又會如何思考我們？我們還會是朋友嗎？

看著那雙粉紅色的破球鞋，我有點害怕。

卻也收起驚恐的表情，試圖揚起嘴角，抬起頭來。

「妳開的玩笑很有趣，哈哈哈！他是我最好的兄弟，他做的任何決定，我都會支持。」我盡全力擺出快樂的笑容，卻用力過頭，正常情況下，我從不會笑得如此猖狂與熱絡。

要怎麼演？我明明是錯愕，卻得笑。

「喔！我的玩笑有趣嗎？明天對我男朋友開開看，看他會不會笑。」妮哥得意且神祕的微笑著，這表情令人頭皮發麻，我卻笑不出來了。她若是對吳一生開這則玩笑，那我與吳一生之間會不會毀掉？

我該怎麼回答？只好隨口說了一個謊。

「妳不要這樣說，如果傳出去，我喜歡的人會很困擾的，妳害我追不到女朋友怎麼辦？」謊話。情急之下，我說了一番違心的話。說謊的時候不能慌，要堅定看著對方的眼睛。我死盯著妮哥。

「喔……嗯，這樣啊！」妮哥像是語塞，又或是深思？她同樣堅定的直視我的眼睛，但似乎被我騙過去了。雖然說謊不好，但至少有效。我好像成功制止妮哥了。

「追女朋友喔！呵呵……」妮哥再次笑了。

我可千萬不能被她識破。

「對。」我說。

她沒再回答，露出一副聖母面善的笑容，昂首，踏出妖嬈的步伐，搖擺身軀，踩著她粉紅色的破球鞋離去。

傍晚的球場再次由吳一生帶領，來了一場籃球友誼賽。

吳一生籃球隊隊長的身分像是一頂皇冠，行走間總有男子氣概，視線移動中總得迴避過於糾纏的曖昧目光。可即使球技再精練，看球賽的女孩也不一定能判斷球技的好或壞，但她

們一定記得吳一生的標記
——球場上唯一穿長褲的男孩。

和其他穿短褲的球員不同，吳一生從未穿短褲，從我認識他至今都是。那大概也成了他的正字標記，成為他的個人形象與記憶點。

我想起幾次，清晨薄霧尚未散開，我們班空蕩蕩教室經常逗留一個又一個不知名的女孩，將香氛信紙摺成小方塊，有著她們手寫的愛，放進吳一生的抽屜裡。當然不只與隊長身分有關，不好意思說的是，一個人的魅力，或許與優質的外貌條件有關。

球賽進行中，妮哥老樣子站在遠方牆角一隅，與其說像粉絲，更像是觀察局勢。她除了看球賽，更看著圍繞球場外的女學生，看著我，看著吳一生。她置身事外的樣子，像是居高臨下，看似被排擠，實則清楚掌控局勢。

控制，她樂於控制。

而吳一生你即使交了女朋友，也從未改變對我的態度。你依然在球賽結束後，穿越人群，朝我走來。我的右眼貼合相機觀景窗，鏡頭裡的你向我走近，我的手指按下快門，喀嚓，拍下你的笑容，畫面定格在你將左手伸向我。

你伸手壓下我的鏡頭：「走，回家。」

你濕熱滿是汗水的左手臂搭上我的肩，汗液沾黏在我的右半身，飛濺在我胸前，我無所謂：「好，回家。」

除了提起你的書包之外，你也如常提起我的書包，交女朋友的事情好像從未發生過一般。我忍不住問你：「妮哥在那邊耶！你不用送她回家喔？」

「妮哥說不用。她說我跟你天天一起上下學，都習慣了，她不想打亂我原本的生活。你看，我女朋友很體貼吧！這種體貼的女友哪裡找？你不用擔心，就算我談戀愛，也不會影響我們的友誼，一樣每天跟你在一起。」

乍聽之下我很開心，開心於你對我們友誼不變的心意。

但我卻也遲疑了，你口中的妮哥，跟我認識的好像不一樣？

九點，睡前，窗外的雨滴敲擊玻璃，透著窗外街燈暈影，我靜靜守著手機。如常，你在晚上十點固定打給我，兩年來，從無例外。我們相約十點通電話。

颱風暴風圈已抵達，電視終於趕在深夜前，宣告明日放假。我安心將鉛筆尖落下，淡灰色線條刻進日記本，想書寫今天經歷的意料之外。突然，今天再添一則意外。手機響起，吳一生提早一小時打來。

「立刻出來，我在你家樓下。」

「為什麼？怎麼了？你怎麼了？」

「……」

「怎麼了？告訴我。」

「你先下來再說。」

從窗往下望，路燈下，樹影旁，佇立一個濕透的人影，是你。

「吳一生，你幹嘛不撐傘？」

「別問這些，你先下來吧！」

「等一下，你先說你怎麼了？」

你沉默了一會兒：

「你說吧！你喜歡的女生是誰？」

完蛋！麻煩的事來了。

或許我不是最好的，
卻總奮力於……
成為你身旁，最真心的那一個。

你心急如焚的雨夜，我下樓，與你步行至屋簷下躲雨。步伐中，你的安靜，像在梳理稍早衝動慌亂的思緒。等你開口，我在等你開口。只有下雨的聲音，腳步踏上路面，濺起小水花，一把太小了的雨傘，讓我們倆靠得好近。秋日裡，靜默的颱風夜，路口樹影搖曳，人潮散去，我暗自竊喜，浪漫的不是雨夜，而是與你躲雨的屋簷。

你說話了：「王翔禮，你有喜歡的女生怎麼沒告訴我？我從別人那邊聽來的，我剛剛真的是氣炸了，覺得你怎麼會瞞著我？兄弟當假的？告訴我吧！是誰？」

「我……」

「是誰？說啊！是誰？」

「等一下啦！我還沒有準備好。」

「快點，你說出來，我幫你一起追啊！」

怎麼辦？我從沒想過這個謊言會有後續，而我又該如何透過另一個謊言來圓這個謊？要如何才能一勞永逸？

我原本懊悔於下午對妮哥說謊，但那種情況，我能不說謊嗎？我也是為了保護吳一生啊……更為了讓我們維持現狀。

我的天啊！誰？吳一生還要幫我追？要是真的追到，那不就完蛋了。我要如何回答？我得回答得模糊一點……

「不是我們這屆的啦！」

「所以是誰？學妹？」

「好啦！到此為止。」

「給我說出來，我不允許你再瞞我第二次。」

「說了不會比較好。」

我繼續推託。吳一生似乎快生氣了。

「你要是敢再瞞我什麼，我絕對不放過你，都說一輩子兄弟了，你太欠揍了。再敢瞞我試試看！我不要再從別人那邊聽到你祕密了，聽見沒？」

好，看來我得說出一個答案，這場對話才能結束。但我又不希望因為再一次的謊言造成更大的麻煩，於是腦海裡浮現一個不錯的選項，只要說出一個「不可能的答案」，這件事便會到此為止。

「陳庭庭。」我說了。

「你喜歡她？王翔禮，你真的眼光很高欸！」

陳庭庭是一年級最漂亮的女生，還沒入學前就已經造成全校男生轟動。校花等級的存在，無人能攀比。她不只長得完美，還有一個完美的母親，會在陳庭庭生日當天，請全年級學生喝飲料，幫女兒做盡校園公關。

嫉妒她的學姊們，戲謔稱她「牛眼妹」，可見她雙眼水靈到令人歆羨。她並非驚恐睜大的死魚眼睛，而是帶有靈氣，還隱隱流露一絲不屑的氣息。當男同學與她對上眼，她有本事讓男生都脹紅著臉。

她擁有不用畫就有的出色眉毛，皮膚的白，不是粉底液的白。但厭惡她的女生都看得出來她有上妝，她卻能騙過男生的眼睛，被尊稱素顏美女。她的裙子比一般人短五公分，制服腰身比較窄，她總能在身上動些看不出來的手腳，讓男生覺得她與眾不同，卻說不出為什麼，只知道她是公認的漂亮。

這個「不可能的答案」，應該可以終結謊言了吧！全校男生都喜歡的校花，根本輪不到我。她至今單身，大概是漂亮到不屑談戀愛。吳一生應該會放過我了。

但我錯了，隔天午餐，我竟坐在吳一生和陳庭庭旁邊。

我心想，只要表現得冷淡、輕浮、高傲或不討喜，應該可以讓她再也不想看見我。但她卻反常。我記得她幾乎不理會任何一位追求她的男生，卻在我不斷句點她的過程中，不斷的主動與我開啟話題。

「我生日跟吳一生同一天，超有緣的，你跟他那麼好，我們應該也會很合得來。」校花陳庭庭說這話是什麼意思？在暗示什麼？

吳一生起初很沉默，他在想什麼？為何不說話？飯局裡只剩陳庭庭的問句，和我的簡答句，尷尬至極。爾後吳一生在陳庭庭身後對我比出一個讚的手勢，便匆匆離去，而我竟不好意思追上去。畢竟，眼前這位女孩，從來不回應任何男生攀談。她的高度與自尊心，皆不容許我踐踏。

我只好禮貌性回答所有問題，用最安全的方式吃完這一頓午餐。接下來，卻是令我意外的神展開。

「我可以跟你在一起。」她對我說。

「什麼？」

「妮哥已經都告訴我了，你喜歡我對吧？幹嘛刻意裝成這樣冷漠？」

「我……」

「你跟其他喜歡我的男生都不一樣，我選擇你。」

下課鐘響。話題到這裡，我驚恐之下倉皇逃離，連一句對不起都沒說，便飛奔而去。怎麼辦？她怎麼可能喜歡我？喜歡她的帥哥明明那麼多，追她的人也很優秀，為什麼是我？

我要如何拒絕？拒絕以後，妮哥會做出什麼事情來？她會散播謠言嗎？若謠言傳到校花這裡，漂亮的她話語權一定比誰都強大，她說出去的謠言，殺傷力不是我能抵抗的……

我還是得拒絕，明天就去拒絕。

謝謝下課鐘響，讓我逃得合理一些。

「陳庭庭很漂亮對吧？」吳一生在下午歷史課寫了字條。

「嗯！大家都這樣認為。」我寫下，回傳。

吳一生再遞回字條給我：

「剛剛你們吃飯開心嗎？後來聊得順利嗎？」

「她說她選擇我。」我寫了字條回去，純粹陳述事實。

「啪！」歷史老師的課本打在吳一生頭上。來不及查看字條的吳一生，手中的紙張就被歷史老師奪走了。歷史老師以尖酸刻薄的語調，吟誦紙條內容。完蛋了！

「陳庭庭很漂亮，大家都這樣認為，剛剛吃飯很開心，聊天順利，她選擇了我。」吟誦完畢，歷史老師將紙條丟向空中。全班同學先是驚訝般沉默，後來群體起立鼓掌，尖叫，原地跳躍，那起鬨聲似乎傳遍了整棟教學大樓。

吳一生睜大眼睛，坐在原位，沒說話。

我卻一句解釋也說不出口。

呼聲群起。歷史老師再也止不住亢奮的學生群，她不斷拍桌，喊著安靜，卻越鬧越大聲。歡聲雷動！隔壁班老師也探頭來查看，接著幾位零星學生聚集到窗邊。

下課後我才知道，一堂課的時間，讓全校都誤會了。

「王翔禮追陳庭庭，陳庭庭答應了，今天他們交往第一天。」

我的手機收到一則簡訊：

「謝謝你回覆我的方式，很轟動，我很喜歡。」

不知道是誰的號碼，但很明顯是陳庭庭。她為何有我的號碼，我也沒有力氣追究，我只是突然懂了，從今以後，我便再也沒有台階下了。

嗯，再不可否認的，我也交女朋友了。

也不算壞事，至少，妮哥製造的謠言，不攻自破了。

我們害怕孤獨，
所以藉由與人建立關係來排解寂寞。

其實，孤獨從未因此消失，
只是被藏進心中，
埋藏在人際往來的喧囂背後。

孤獨是身邊有伴，
也依然存在的功課。

妮哥靠了過來，她雙手捧起我的右手，輕拍我手背，輕聲細語對我說：「真的替你感到開心，那天你告訴我的時候，我還在想要怎麼幫你，沒想到你這樣有行動力。」她一貫的聖母笑又來了。

每一次她露出那般神聖親切的笑容，總讓我起雞皮疙瘩，那個表情背後的真實是什麼？她佯裝的笑容，是什麼意思？

更令我感到微微不對勁的是，吳一生沒有像其他同學起鬨般歡欣鼓舞，他只是微笑，說了一聲恭喜。

我心裡不斷說服自己，陳庭庭的生日跟吳一生同一天，個性應該也有幾分類似，我跟她可能可以相處得來，而且她又漂亮，一起聊天也算舒服。

如今木已成舟，我沒有理由拒絕，我應該要試試看。我從未談過戀愛，試試看並不吃虧。況且吳一生也有交往對象了，他的人生邁入下一個階段，我也要跟著成長。

試試看吧！

好，就試試看吧！我給了自己試一次的機會。

各自談戀愛以後，午餐時段不再是我和吳一生兩個人吃，而是四個人一起吃。其實日子並無太大改變。除了手機須時時刻刻回覆女朋友訊息之外，其他時間，我與吳一生的日常，依舊是我們的日子。這也是我們給對方的承諾：「不許見色忘友。」

與其說沒有太大改變，「增添了生活的豐富性」會更貼切。

吳一生有不必上游泳課的特權，理由是籃球隊有特訓。但休息也是特訓的一部分，當我上岸時，他會在休息區，以協助保管我手機之名義，玩手機遊戲。

而我也順理成章，為求公平，擁有使用他手機的權利。

看了幾則妮哥傳來的訊息，我嗅讀到她的極度缺乏安全感所衍生的強烈控制慾。這也不能全怪她，吳一生身為行走荷爾蒙，即使身後有妮哥這樣擅長掌控的女友，他的桃花也從未阻斷過。

在眾人眼裡，吳一生和妮哥的愛情，令人羨慕。

願意將女友大方公開的男生不容易，吳一生卻將社群自我介紹的「感情狀態」，改為穩定交往中，並且標記女方名字。你特別疼愛妮哥，社群頭貼也換上了兩人的合照，手機裡沒有儲存任何女生的電話號碼。怪異且極端的是，你甚至沒有任何女性友人！你對妮哥的指令如此言聽計從。

或許你「只跟我待在一起」這一點，對妮哥而言是好事？或許花時間在我身上，比起花在那些女孩身上來得安全？

訊息中，妮哥常常喜歡出一些考題給你：

「我是你的第幾個女朋友？」

你以簡答題方式，老實作答：「第一個。」

妮哥只回三個字：「我不信。」冷戰五天。

而我竟聰明到幫你多補充幾個字：

「第一個，也是最後一個。」

一句話結案。

用文字和平解決戰爭，這次示範，你說會學起來。

後來你搶了我的手機，輸入「0121」，你的生日，解開我的手機。你說要示範幾招給我看。

「今天好倒楣……」陳庭庭中午傳來的訊息我還沒回。

「我也好倒楣。」你幫我寫下。

「為什麼？你怎麼了？」陳庭庭秒回，大約是著急。

「我在想……會不會是我把今年的好運都用來遇見妳了？」
你按下傳送。我並沒有教你這句。你發揮得很好，得到陳庭
庭回覆三個字「我愛你」。

人們常說，愛情是人類的避風港。
但我們之間，
愛情是我們的遊樂場，彼此才是彼此的港。

白天形影不離，晚上互通手機。晚上九點，各自向女友交代
那句晚安。十點，我的手機如常響起。吳一生與我，來一場
真正的晚安。

或許並不需要「晚安」。
有些時候，晚安是單向的說詞。

吳一生與我的深夜電話，並不一定需要真的講話。想聊便聊，沉默也可。偶爾聽著電話另一頭，你的忙碌，書籍翻頁聲，紙張摩擦聲，鉛筆一劃一劃磨損紙張，椅子推開，人站起來，步伐踏在木地板上。

不必言語，便也是一份無聲的陪伴。

你幾乎從不對我說晚安。

你不是不想，是來不及。

在晚安說出口以前，你的鼾聲先響起，早已在電話另一頭安穩睡去。我總是對著已睡著的你，說聲晚安。所以晚安是單向的。

迴向而來的，是你的一聲早安。

通話時間七小時三十三分，我被你叫醒：「早安，要上學了。」電話另一頭的你，在刷牙的空檔再三確定我是否還在賴床，喊了幾聲，直到我這頭有了腳步聲，水聲，刷牙聲，你才放心說待會兒見。

我是你深夜助眠的褪黑激素。
而你，是我清晨的鬧鐘。

每一夜，我們幾乎不會掛上電話。
為何總在說完晚安以後，格外惦記？
不曉得，無從解釋。
總在說完晚安以後，特別想念你。

我總以為如此規律而平靜的日子，能走很久很久。直到幾日後，四人午餐。陳庭庭突然問了我：「為什麼我昨晚十二點多打給你，你的手機一直是通話中？」

我低著頭吃飯，不敢抬頭。要是我與吳一生深夜熱線的習慣被揭露了，那一切會變成怎樣？餘光瞥見吳一生的筷子暫停了一秒。他為何沒有因為陳庭庭的提問而錯愕？

他怎麼想？而我又該如何回答？

我們的祕密，我所珍惜的，與你共享的小小世界……

會不會……就此劃破？

寂寞的人，常選擇把寂寞藏起來。
又甚至，
我們刻意不去意識自己的寂寞，
把生命的難題窩藏著，
若無其事的生活。

無論長成多成熟的大人，
寂寞感，它未曾消失。

我的筷子不敢停下來，表演著一種毫不在意，心裡卻盤算著該如何回答……後來，為顧全大局，我竟選擇隱瞞：「沒有啊！我在睡覺。」

在我的道德底線裡，這是「隱瞞」，不算「說謊」。尚可接受。

一半的實話，包裝過的真實……

這並不是欺騙，只是選擇了最安全的說法。

我確實睡著了，只不過電話在線，另一頭，是吳一生。

「真的？王翔禮，你的手機通話紀錄給我看。」

我遞給她。慶幸我每天都有習慣刪除我與吳一生的通話紀錄。

「可是我打過去就是通話中啊！你是不是刪除通話紀錄？」

慘了，被看穿，怎麼辦？

吳一生的筷子也沒有停下來，似乎吃飯吃得很投入。太投入了，像在隱瞞什麼。他對著便當盒說：「系統只要在電話無法接通的時候，例如訊號不佳、無法連線、勿擾模式等，都有可能回應您撥的電話通話中。」

吳一生冷靜的回答，像是演練過。他事前上網查過？準備了這份完美的答案？

即使我正面臨難題，餐桌對面，妮哥微笑而不出聲的表情，卻轉移了我的注意力。她擺著一貫的聖母笑，舉止刻意高雅，右手將食物輕輕夾起，靠進嘴邊，左手抬起做遮掩，才張口吃。她帶著笑容閉口咀嚼，與她未經整頓的外表產生一種不協調感。

她沒說話是贊同？

還是純粹對話題沒有興趣？

或是另有盤算？

我猜不透。在不尋常的沉默裡，她肯定有所保留。

沒時間多想，我得先顧全自己：

「如果晚上跟別人講電話，隔天五點半又如何能起床趕公車？這學期我還沒遲到過。」嗯，我的全勤證明拯救了我。

吳一生幫我佐證：「他今天上課還沒睡覺。」

蒙混過關。

夜裡，我實在想不透，午餐時候，吳一生和妮哥不尋常的舉止。於是和吳一生約在家附近公園談談。

「老地方。」

我們需要散心時，一定相約此地。

「吳一生你怎麼知道通話中，有其他解釋的可能？」

「這不是基本常識嗎？以前也遇過。」吳一生理所當然。

「你沒有事先研究嗎？覺得你跟妮哥怪怪的。你們還好嗎？」

對，這才是問題的重點。

妮哥笑著的時候，總令我察覺一絲狐疑與古怪。

「真的沒事啦！應該是我要問，你跟陳庭庭還好嗎？」

「沒事，幸好你的解釋有根據。不然她要是知道我每天晚上跟你聊天聊到睡著，一定會大發脾氣。」

「那就好。欸，王翔禮，我一直想問一個問題，你為什麼喜歡陳庭庭？」

又是一道難題，總不能說是當時慌亂之下亂答的吧？我必須說出她的幾項優點，而且不能太膚淺。

「嗯……我想想……」不能是外表這類隨便的答案，那太容易被質疑。於是我說：

「她跟我是完全相反的人，跟你反而比較像，你們都是被人群圍繞的人。你打籃球的時候，每一次比賽結束，都有一堆人圍著你，但你都會越過人群，朝我走過來。那個時候，我特別感受到我們之間很珍貴，再多人為你歡呼，也無法取代我們的珍貴。陳庭庭也類似，再多的愛慕圍繞她，也都只是雜訊而已。她對我很專心。」

「那你呢？跟妮哥在一起一陣子了，你喜歡她嗎？」

吳一生先是猶豫很久。

「你有發現嗎？她有許多地方和你很像。」

「嗯！我在聽。」

「翔禮，你記得我和你還不熟的時候嗎？你每天窩在座位上，悶爆了，大家一定都覺得你很無聊，但其實你是很豐富的人。你很幽默，只是不輕易給別人。你很有趣，那些覺得你無趣的人，是你不屑對他們有趣。你很特別，這樣的特別，你只願意獻給特別的人。妮哥也是這樣孤傲的人。」

你誠懇的言語，說著她的優點，卻讓我理解我的特別。

我才發現我根本不在意你喜歡妮哥什麼，而是被你對我的理解感動。我忍不住說了真心話：「認識你以前，我覺得活著很寂寞，好像死掉了也無所謂。你有沒有想過？如果哪天醒來，發現自己已經死了，靈魂飄浮在遺體上，你想要誰來發現你？你有什麼遺憾？你有什麼捨不得、放不下的嗎？我沒有。我一點也不眷戀，好像隨時消失在世界上，都無所謂。

無所謂的意思是，我感謝我的父母，但我的人生還是我自己的。既然為自己而活，只為自己負責，我只承擔我自己，那死或活，也只須對自己交代即可。我現在活膩了，我做了去死的決定，就自己承擔，與他人無關。我的人生只肩負了我自己。我討厭我自己，我可以隨時選擇丟掉自己，不要自己。

但遇見你以後，一天比一天不一樣了。我不再覺得生命是孤單的，因為兩個孤單的人，如果緊緊抓住彼此，願意一起走向生命的盡頭，那孤獨就不再是孤獨。因為有你，所以我不再是從前的我。我發現自己變得不一樣，而我喜歡在你面前的我自己。

更重要的是，我不會再把自己丟棄。因為，如果兩個孤獨的靈魂裡，有一個人放手了，那另一個人該怎麼辦？我不再只肩負自己，也肩負著你。吳一生，我很高興遇見你。」

我說完了。不小心說太多了……

你聽完以後，只是撇開視線，望向沒有我的方向。
你沉默很久，久到空氣中再也容不下任何一點空白。

我原先尷尬的情緒竟已轉變成後悔。
我說太多了，你是不是覺得有負擔？
我不該給那麼多情緒，任誰聽了都會很沉重吧？
怎麼辦？我要說什麼來化解……

在思緒凌亂中，我只好說些廢話來填補兩人間凝結的空白：「我亂講的啦！開玩笑的。什麼去死，我亂說的，沒那麼嚴肅，你不要想太多。我們是普通朋友啦！跟大家都一樣，我跟大家都很好。」

我只怕你承擔太多，而改變了我們之間緊密的羈絆；我怕你太沉重而選擇放手，怕友誼變質，怕每一個當下一旦逝去，便再也找不回。

慌忙中，散步路燈下，一步一步向前行。

我抬頭看著你，想從你的表情裡，讀出任何一點線索。

但逆光的你，表情隱藏在影子裡。

我的越線，過多的情緒，都令我懊悔不已。

我無意識的抓緊衣角，十指緊握，在秋夜的涼風中掌心冒汗。

你會回答我什麼？你在想什麼？

隨便回答什麼都好，只想結束這份沉默與尷尬。

「嗯……」

嗯是什麼意思？你想說什麼？

「王翔禮，你是我的唯一，你知道嗎？」

我睜大眼睛，確認沒有聽錯。

我，對你而言……是如此重要？

寂寞很痛苦，
我們卻也能對它視若無睹。
打遊戲，交朋友，忙工作，
休閒活動，填滿生活。

如此，即使心中依然空洞，
我們也能看似完好如初。

我是你的唯一？我沒聽錯。我的心跳加速，時間卻像暫停。秋風中我應該感到涼意，卻不斷發熱。於是我脫掉外套，降溫過熱的心跳，卻止不住發燙的耳朵與雙頰。

這是什麼感覺？這份幸福的感受……這是友情嗎？比愛情更像愛情的層次，叫做什麼？等等，等等！我怎麼往這邊想了？先暫停。冷靜！

「唯一最好的朋友，沒人可以取代的那種，愛情也不能。」吳一生完整補充。

對，我們是最好的朋友。我心中默唸一次，再默唸第二次。花些力氣，收起驚訝的眼睛，收起幸福而通紅的神情，收起不知為何而帶點失落的嘴角，收起複雜的情緒。「謝謝！聽到你這樣說，我覺得很幸福。」我整理好自己的心跳以後，笑著回答。

而你運球慣用的右手臂，摟上我的肩膀，大力的，是熱絡的情緒湧現而加重了力道。被埋進肩窩的我，在深秋夜幕的涼意裡，呼吸著體溫加熱後的空氣，我聽見你說了一句：「我也很幸福，謝謝你。」

或許此刻，便是永遠。

有些回憶，值得用一生惦記。
有一種幸福，值得用上一輩子捧著、護著，
只願與它好好溫存。

下課後，我們依然習慣待在一起，有時候，不一定是外頭有多好玩，更多的是，討厭回家的感覺。

回家後，我要面對的是一個人的餐桌。除了有個傭人端菜外，我家的餐桌，經常只有我自己。物質上，我已經比許多人幸福，我卻從未感受過幸福。

母親與父親貌合神離，對外飯局或公開活動會一同出席，其餘時間形同陌路，各自工作，各自忙碌。對他們而言，愛情有消失的一天，在進入婚姻後的某一天。

父親是母親的人生重心，父親卻因其他女人分心。母親扶持父親事業有成，也渴望換來父親的呵護與愛。婚後多年，她才認清愛情無法藉由任何交換而來，沒有就是沒有，不論多少犧牲、委屈、退讓。

母親在事業上解決問題的能力，也反映在愛情上，為達到將老公留在身邊的目的，她的手段有效。比如，成為男人事業的幫手，擔起經濟支柱，持有公司股份與房產。沒有愛情，至少擁有婚姻關係。工作與生活交疊越深，離婚越不容易。而我在家中擔任的角色，是負責開口請求父親不要與母親離婚的棋子。

某次，我協助母親設定臉書，我才理解母親的孤獨。她的頭貼是與父親的合影，封面照是全家福，姓名多了一個字，是冠了夫姓，搜尋紀錄卻是小三的名字。

我頓時理解「孤獨」是什麼意思……

而我討厭在孤獨面前，更顯孤獨的自己。

其實吳一生也是。他家餐桌經常只有他一個人。母親在他還沒有記憶時便過世，父親開傳統中式早餐店，每天做生意，顧了孩子的胃，卻忘了照顧孩子的心情。他不知道孩子把籃球選手當作自己的夢想，只知道孩子應該趕快畢業幫忙做生意，或考公務員。他關心孩子學業成績差，卻無視孩子體育成績優異。

「我爸很在乎我啦！不然不會天天清晨三點起床備料做生意。」吳一生的澄清，在我看來更像是自我催眠。

「父愛並不會說出口，只有無聲的付出。」

吳一生曾如此解釋何謂父愛。

我卻認為，當我們感受不到對方的愛，總得拚命替對方找理由：「他愛我，他沒問題。問題在於我，我為什麼要求那麼多？」愛真該如此辛苦找尋答案？

我看不見吳一生爸爸的愛。只看見他爸在他數學考零分時揍了他，卻沒在他籃球比賽得冠軍時擁抱他。會不會，我們都只是拚命說服自己，而不去相信眼前被冷落的事實？被傷害時，感受到的壞情緒，都比愛來得更真實。並且，他厭惡那個質疑親情的自己。

家人是什麼？家人只是一份血緣關係？
家人是一個屋簷下的同住者？

在我們有意識以來，便被告知對方是我們的家人，別無選擇的。而我們多少愛著對方，卻不一定懂得給予愛，表達愛。對方愛著我們，我們卻不一定能感受到。

據說「家人會無條件愛你」。
實際人生卻不一定如願體會到相同的愛意。

至於這份親情的愛，是不是真的愛？先別談。要是深掘下去，血肉模糊的傷口裡，一切太強人所難。

「家人為什麼是家人？為何家人要住在一起？」吳一生提出的問題也是我的難題。

「因為方便，省錢。」我的回答不愧是金牛座。

吳一生描述自己與家人的關係：「我回家都躲在房間裡，幾乎不會跟家人互動。如果要出來，也會刻意避開我爸在客廳的時間，盡可能不碰面。我們可以三個月不說話，如果我願意，甚至一年也沒問題。」

而我有相同共鳴，同住一個戶口，尚未分開的理由，大概只是經濟收入不足，我們仍在需要蹭口飯吃的年紀，因為生活便利而同住。

只是，倔強的我們，都仍想在親情中感受到愛吧。

既然想好好愛著彼此，
為何不好好表達？

因為，走進彼此心裡太痛苦了。
所以停留在最表淺的樣子就好。
吃同一桌飯，住同一戶房，至少還待在一起。

又或許，所謂待在一起，
只是因為「方便」這項主因。

我們依然能說出一份誠懇的感謝，
卻不一定還能真誠說出愛了。

直到我與吳一生相遇以後，才開始學習如何擁有幸福。吳一生剛剛那句：「你是我唯一最好的朋友，愛情也無法取代。」或許，這會是我們之間最好的答案。

「但是……」吳一生說了但是。

你的「但是」說出口後，停留了很久，久到讓我察覺某部分的我，肯定令你難為情。

「沒關係，你直說，我可以承受……」

「好，王翔禮，我是想說，但是，我還是必須以我的女朋友為優先，就因為她是我的女朋友。」

……

錯愕之下，在這秋夜的蕭瑟裡，我無語。明明知道是怎麼一回事，明明知道這一切多麼合理，明明我們都該把心力花在另一半身上，愛情本該是優先。那為什麼我要失落？

「你還特地跟我解釋這個！不用啦，我知道啊！我們都各自談戀愛了，本來就應該以另一半為優先，這樣很合理。不用解釋，我懂的，我有一樣的想法。」

又是為什麼，我說出口的話，越描越黑，越是強調不用解釋，越顯得我需要你的解釋。

幸好，碰巧已經九點，陳庭庭和妮哥打了晚安熱線過來，我們各自接起。你用唇語說你要離開，而我向你揮手，直到你消失在遠方的某個街角。幸好，我們有理由逃離那個越解釋越尷尬的場面。

「你還在外面？你在哪？」

陳庭庭試圖掌握我的行蹤。

「老地方……喔！不是，我家旁邊的公園。」

不小心脫口而出。

「老地方！什麼老地方？」

「沒啦！口誤。」

我們各自進行例行性的九點情侶熱線。

我卻心不在焉。

你說的「但是」，只是一句簡單的立場聲明……

卻震動了我的全世界。

「但我還是要以女朋友為優先。」

我完全能夠理解，卻讓我失眠了一整夜。

這個夜晚，第一次，我們沒通電話。

靜默的夜裡，我不斷思考著……

會不會是哪一步……我們走錯了？

愛情本該是優先於友誼，但在你立場尚未聲明以前，我以為，普世的邏輯不該套用在我們特殊的感情羈絆，愛情是我們的遊樂場，彼此才是彼此的港，不是嗎？我從前的理解錯誤了嗎……？

我們很努力過日子，
即使日子總沒想像中的好。

可總有一個恍神之間，
我們驚覺，
忙碌的日子竟是如此空蕩。

園遊會的廣場上，我和陳庭庭抵達時，看見你正牽著妮哥的手。你吃了一口她拿在手上的冰淇淋，被凍結的卻是我。

我雙手插口袋，一隻手臂被陳庭庭緊扣著。她問我是不是心情不好？我回答沒有，只是沒睡飽。嗯，真希望只是沒睡飽。

我與吳一生的感情不變，卻多了一道淡淡的界線，叫做尊重。畢竟，我也不願侵占你與女友的時間。

忙於訓練與球賽的你又贏了一場比賽，但散步回家的路途，你卻不是勝利的表情。和我聊了一切日常瑣事，就是不聊那場贏得勝利的球賽。你有一種落寞，是一種回到家中絕口不提球賽勝利的落寞，畢竟你的父親並不認可兒子最在乎的事情。你將獨自嚥下餐桌上失溫的晚飯，面對失溫的親情。

離畢業的日子越接近，表示我們離青春越遠。春末入夏前來了一場又一場雨，當雨季結束，便正式走到最後一個夏天。夏天的球場，你如常闖蕩，再熱的天氣，你也如常穿著標配的運動長褲。

長褲是什麼意思？成年是什麼意思？活著有什麼意思？我們曬著最後一個夏天，在濕氣尚未褪去的艷陽裡向青春道別。我看著你來回運球與迴避，使出假動作與衝刺，用力踏著，跑著，以青春的名義不斷奔馳。

影子被拉長，刺目的艷陽已成金黃色陽光，熱度漸漸下降，不再那麼燙。我最後一眼凝望夕陽輝映的籃框、雨水未乾的球場，再轉身望向你的臉龐。你對我說了一聲謝謝。

「謝什麼？」

「謝謝過去有你，謝謝現在有你。」

「還有第三句？」我笑。

「謝謝未來有你。」你說。

所謂謝謝未來有你，是你如願走上運動員之路，國立大學體育系。而我是同校的運動管理系，在尚未找到我的夢想以前，我打算在與你的友誼裡先賴著。同一所大學，延續青春的說辭，是一起攜手在你變強的運動員之路上，給予助力。

最後一次坐在教室，班長發下紙筆，名為青春裡的最後一項功課，最後一篇文章。相約十年後再相聚時揭曉答案的文章

——時空膠囊。

當必須總結整個青春在一張薄薄的作文紙上，任誰都會感到迷惘。此刻終於意識到，習以為常的日子，在離別以後終將走向無常。當所有緣分在畢業以後都成為隨緣，我們才呼吸到寂寞的味道——離別與孤獨的味道。

構思這張時空膠囊，我回想整個青春，竟全是吳一生。

我認識的吳一生，奔馳球場，擁戴勝利，被朋友圍繞；他生命裡所擁有的關心，比任何平庸的孩子都多。但他心中卻有著填不滿的空洞。他從未說出口，我卻知道，「你孤獨的感受與我相同」。

兩個孤獨的靈魂，
理解生命的本質是寂寞。

願意相伴走到最後，
相互惦記，
生命便不再只是一個人的事情。

畢業這天，其實與過去的每一天都相同，一樣日出，日落，黑夜，像什麼都沒發生過。晚上我們相約老地方。

我坐在石椅上，面對街道，見吳一生緩緩走過來。

「下午那張時空膠囊，你寫了什麼？我看你好像沒什麼動筆。」我問。

「才二十分鐘，能寫什麼。不要問，到時候你就知道了。」

你答。

「你覺得十年後我們全班真的會聚在一起拆時空膠囊嗎？」

我將對關係的不安濃縮成一個問句。

問句的背後是我並不相信十年後，每一位同學都能相聚。三年的友誼，敵不過十年的分離。畢竟，我印象中的大人，並不是溫暖的模樣。大人們工作與忙碌，大人們結婚與離婚，大人們賺錢與花錢，大人們爭執與掠奪，大人們掌權與操控。大人們忙著大事，鮮少在意時空膠囊這類小情小愛。

長大，多令人不安。

變成大人的過程，要丟掉多少曾經信仰的事情？

丟掉永遠，丟掉一輩子，丟掉真誠，丟掉滿腔熱血。

「會，一定會再聚。雖然明天開始，沒有學校強迫我們待在一起，但只要願意聯絡，想在一起就會在一起。」

你的答案，似乎不像我這般不安。

你很樂觀。或許在人際關係中，你從來不是主動的人；你朋友很多，從來都是別人主動圍繞你，而你被動成為大家崇拜的對象。你只要站在那，即使發呆，一步也不動，一句話也不說，就擁有朋友。關係的建立，你從不費力。

於是你認為，那些熱情與喧囂會延續。說再見，不過是新故事的起點。而我務實的悲觀主義，並無法輕鬆向青春告別。告別不是開始，而是「關係結束」的另一種說辭而已。

你坐下。坐在與我同一座石椅。是我的錯覺？椅子兩側尚有空間，我們卻讓出左右兩側，在悶熱的夏夜靠得異常近。

「畢業了。」你一聲長嘆。

「嗯！畢業了。」

你的膝蓋骨，在自然的肢體晃動間碰觸到我的大腿外緣。我並未將腿移開，而是自然而然承接你與我的碰觸。這樣自然嗎？這樣的自然而然是被允許的嗎？

我們靠彼此好近。

會不會就是現在？

當我們靠緊彼此的時候；
當話語開始多餘的時候；
當兩顆心慢慢緊靠……

「吳一生……我……」鼓起勇氣，我開口了，卻不知該怎麼說。只見吳一生雙眼溫柔看向我。

高中的最後一天，我……好像有什麼話悶在心裡，卻從未說出口。未曾說出口的是什麼？我越來越搞不懂自己，更弄不清楚吳一生……

這個夜晚，有離別的哀傷，
和曖昧不明的氣氛與激素催化下，
我想，或許，我該……好好向你「說出我的心願」。

若要以「一個名字」總結整個青春，
我們從不曾想過用自己的名字。
而是拚命從逐漸淡忘的舊日子裡，
挖出那個刻在心裡，
曾用力忘記的名字。

我將右肩輕靠你的左臂，感受到你也輕輕使了一丁點力氣向我靠緊，我們自然相倚。在肢體與氣氛的自然而然中，對抗心中的疑惑，同時感受自己不知為何不斷升高的體溫，我正在習慣與高速的心跳共存。可越是思考，四肢越是僵硬，心中紛亂，難以平靜。像被石化的我定格著始終同樣的姿勢。我想向你表達些什麼，卻從來說不出口。我不懂我自己，更不懂你。

石化的我必須找個話題，開口提議那件我想很久的事。

——以其他形式延續我們的關係。

「明天開始，沒有上學的名義讓我們相見，那我們就相約每天一起吃晚餐吧！除夕夜也一起吃，中秋節、生日、跨年、平安夜都一起吃。與其跟形同陌路的家人親戚相聚，不如我們相約一起。」

「過年也一起嗎？」

「對，當然。」

「好像還不錯，像是家人。」你答應了。

「一言為定。」

依然輕靠著你的手臂，而我石化的身體並未因此鬆懈。

「那天我發現一件事情。」你說。

「什麼事情？」

「我一直覺得我們是家人，因為名字。」

「為什麼？我們姓氏又不同，你姓吳，我姓王，差很多耶！」

我正思考著你創意過頭的邏輯，還來不及翻出答案，你拿出口袋裡用在制服上簽名的黑色麥克筆，並在我身上四處查看，幾乎已被名字簽滿的制服上，你找了一處衣角空位，像是寫下什麼。我抱怨那個位置我看不見。

於是你拉起我的手臂，在我的右手臂上，寫下1330。

「十三點三十分？」

我反覆看這四個數字。

你卻笑而不答。

「所以下午一點半象徵什麼？」

我思索這項創意的意義，是某種約定？還是某段回憶？

而你已將話題跳躍性帶入另一則故事裡：

「好像讀過一段話，在講人生很孤單。其實我們活著有一項功課，便是找到能一起過年的人，吃年夜飯的人，一起過中秋節的人。只要找到這個人，完成這項功課，關於孤單這項課題，就可以打勾了。」

我贊同：「互相照顧，就算日子沒那麼好，能待在一起，便是好日子。」

青春裡的我們，天真的以為抓緊了就會是永遠，承諾不放手便能走到最後，真心相伴就能到老。殘酷的是，當青春結束以後，人們總得花上好多力氣，才能讓關係繼續下去。有太多理由迫使我們選擇放棄，或不小心鬆手，無意間錯過彼此。長大的我們，得花上大把力氣照顧自己，大人的日子裡，我們難得有力氣顧及他人，承擔他人。光是讓自己好好站起來，好好活著，便已經用盡全力。

「象徵友誼。」吳一生說。

「什麼象徵友誼？」我問。

「1330啊！」

「象徵友誼四個字需要想這麼久？」

「就想了一下。」

「為什麼是1330？」

「就是1330，幸運號碼。其他自己想啊！不告訴你。」

我反覆看著衣角上的1330，以各種角度翻看，想像它是一個圖形？或是一個謎語？一千三百三十元？下午一點半？我解不開這題。

「嘿！」一聲大喊。

我們的肩膀被拍了一下。

這聲大喊我們都嚇了一跳。

回頭！

陳庭庭喊的。

原先靠很近的我與吳一生，瞬間站起來。

像掩飾什麼一般，若無其事的保持一小段安全距離。

「你們，在幹嘛！嚇到了嗎？」

陳庭庭出現，中斷我們的對話。

「妳怎麼在這裡？」我問。

「妳什麼時候在我們背後的？妳在偷聽嗎？」吳一生問……

「你們有祕密喔！」

陳庭庭故作輕鬆的語氣與刻意迴避問題，顯得不尋常。

我想吳一生和我擔心的是同一件事，我們都怕被誤會。

「沒有，就聊畢業後的事。」吳一生的解釋沒有一點說服力。

「妳怎麼知道我在這裡？」我迅速轉移話題。

「上次你說溜嘴啊！老地方、公園，我就猜到是這裡。你畢業了，我還有兩年，就想趁你上大學前多見面。我剛到啦！什麼都沒聽到，所以你要跟我分享祕密嗎？」陳庭庭對我說。

剛到？她似乎沒有聽到什麼，也沒有誤會什麼。

「有什麼是我身為女朋友不能知道的嗎？」她在試探。

我與吳一生互看彼此，無言以對。

「還是你們要在一起了？」

「怎麼可能！」異口同聲。

「開玩笑的啦！你們著急什麼？所以，吳一生要把我男朋友還我了嗎？」陳庭庭還在試探。

「他一直都是你的啦！想太多。」

吳一生極力澄清，故作輕鬆的緩緩離開。

和陳庭庭走在街燈下，我悄悄觀察，她應該沒聽見或看見什麼。她一如往常和我聊生活瑣事，並未對我與吳一生的事再深究。我們心無波瀾，緩步向前。

我喜歡陳庭庭，和她相處總有一份舒服、自在。

我的心事大多可以和她訴說，即使內心深處，似乎總有一塊，從來無法被任何人碰觸的地方。而她比我更大方，總把全部的心事掏出來給我，我喜歡我們無話不談的親密感。

我如常牽起她的手，毫無懸念，沒有過快的心跳，沒有糾結的思緒，更沒有石化的肢體……咦！我突然驚覺強烈的反差，這份平靜，相較於剛剛失控而升高的體溫，同樣是肢體的碰觸，為何？偏偏不太一樣？

又是哪裡不一樣……？

離別是什麼？

離別是在一趟名為人生的旅途裡，
以為擁有彼此，卻是路過彼此。
離別是珍藏著你的笑容，
也暗自舔拭失去你以後，我的傷口。
離別是塵封於事無補的傷疤，
再也不問虧欠，不見，不遺憾。
離別是隱隱作痛，卻不願再多說。

夕陽下，班機即將起飛，飛機滑行跑道時，機窗內自山巒另一頭曬進來的橘紅色光芒，改變了陽光顏色，一入秋便不如初夏那般金黃。吳一生十八歲的側臉，在靜默的機艙內竟有超齡的滄桑，先是凝望最後一眼家鄉，再看向我，夕陽穿透我的瞳孔，你沒說話。

你探尋著我細微的一絲絲表情，抽動了嘴角，垂下四十五度的眼睫毛。我手上的小說，畫著一條螢光筆的句子，是作家格雷安葛林寫下的關於人生：

「親人朋友是那些在我們生命中輪流登場又退場的人，生命則是在那些登場退場後，留在身體裡的事。」

你對我說：「那是一種一個人的感覺吧！」

什麼？我看見你伸手指向那條螢光筆畫過的句子。吳一生說了一席話，像是孤獨一輩子的人才講得出來：「人生裡遇見的，終究會如過客般離開，我們路過彼此，也各自路過人間。匆匆幾年，長大了，再幾年，變老了，成為我們父母那樣。父母以前也曾像我們這樣年輕，這樣離家吧！」

「就算遲早都會分開，可是我偏偏就想緊緊抓住某個人，想抓住永遠。」我的語氣加重，我多渴望擁有某份愛，能永遠不改變。

吳一生的樂觀主義裡，並不盲從「永遠」這件事。吳一生說：「我不清楚永遠是什麼，只知道長大以後，要承擔的責任很多。我們家三個孩子，都靠我爸養，他其實只是一直在扛責任，他很辛苦。如果有一種永遠，那就是永遠對我們負責吧！」

我的疑問是，努力賺錢就是負責嗎？我說出自己的不安：「我爸媽也在努力賺錢，但只有錢，我感覺不到任何愛。我覺得我是對感情沒有安全感的人，這讓我很痛苦。」

吳一生完全能理解「不被愛的感受」，卻有不同見解：「我懂啊……我們應該相信的是，愛是禁不起被比較的，因為每個人付出愛的方式不同。如果我去懷疑我爸對我的愛，那對他不公平，他那麼努力賺錢養家，我能說他不愛我嗎？我能丟掉他嗎？」吳一生說完，拉起褲管，運動長褲捲起後，皮膚印著一條又一條新舊交疊的疤痕。

「藤條打的。」吳一生說。

「為什麼？」我睜大眼睛。

飛機起飛後，我完全忘了剛剛離別的鄉愁是怎麼一回事，忘了我剛剛執著的永遠，忘了我說自己的不安。眼前的真實太殘酷，我著急於吳一生只穿長褲的祕密。

「只要被發現打籃球一次，或成績考差一次，都會被我爸打下幾條疤痕。他不要我打球，說以後會跟他一樣辛苦，他要我有穩定收入。但我就想試試看，所以被打了。我爸打我的時候，我會覺得他不愛我，但我常常告訴自己，不要被自己的感覺騙了。他如果不愛我，幹嘛賺錢？幹嘛辛苦養家？幹嘛打我？幹嘛一直管我？所以那是愛啊！只是我感覺不到，不能怪他。要學習跟他的愛相處，因為我們是家人，不能放手。」吳一生的成熟，讓我選擇安靜。

我不知道吳一生是委屈自己，還是真心接受？是不誠實，還是太執著？

或許，被誇讚體貼懂事的人，
就是比別人更懂得委屈自己吧！

我細數認識吳一生的日子，是一整個青春，從未看見吳一生穿短褲，游泳課也都是以籃球隊要練球的名義而未上。該不會……從十二歲當上籃球隊隊長以後，就開始被毒打了吧？我不敢問，只是盯著吳一生，想幫忙，卻不知如何走進這片深淵。吳一生在深淵裡已經待太久了，久到認為理所當然。

在深淵裡，你給自己一個完美的答案：「因為是家人，所以不能放手」。沉默的機艙內只剩機長廣播，我與吳一生依然很有默契，再也不討論這話題。

隨著班機飛離家鄉，青春便也到此為止，正式結束。

第 三 章

相伴一生的約定。

在茫茫人海裡，抓緊彼此。
願我們的日子，都是好日子。

飛機落地台北松山機場，初秋的台北例行性下完一場雷雨，濕氣蒸散在夜幕的車水馬龍，隨著廢氣瀰漫在下班的人潮中。行人號誌亮紅燈的十字路口，我們淹沒在人群中。吳一生伸手確認我依然在他身後，他竟然牽起我的手？我的時間停格在他掌心的溫熱中。牽手？不，我想太多了，那只是怕走散而「抓住」我，和牽手或許不同。對，不同。

拉著手，我環顧四周，只見台北人很靜默，無人交談的十字路口，他們戴著耳機，視線只有手機，互不打擾。或許這便是大人的樣子，各過自己的日子。

我跟著吳一生入住青年旅館的大通鋪一晚，隔日便要找間房子租。對的，你沒想錯，我們將要開始同居生活。我非常邪惡的慶幸，妮哥沒考上離我們比較近的藝術大學，而是分數較低的戲曲學院，距離我和吳一生就讀的台北體育學院，有二十公里，一小時車程；也慶幸陳庭庭還在高中二年級，只一趟飛機的距離，而高中和大學的差別，幾乎是兩個世界；更慶幸沒抽中學校宿舍，宿舍才不會管我要跟誰住，只能隨機分配，我不願意啊！

在種種跡象下，吳一生主動提出和我同住的邀約。那日，我問他要不要候補學校宿舍？他的一句話像要撐起我的全世界：「我們一起租房子吧！家人本來就應該住在一起。」對，再次確認，我們身處在彼此心中最重要的位置。

定居台北，踏進同一所大學。入校第一天，吳一生左手拉著我往前跑，像緊握著青春不放，他右手的新生簡章是大人世界的徬徨。教學大樓前，他說了一句晚點見，記得晚上回家一起吃晚餐。我邊走邊雀躍，回頭喊了一聲好。就這麼開始我們的大學生活。

你曾拉起我的手兩次。

第一次是在陌生人群的慌亂中，怕遺失彼此。

第二次是大學生活開展後，在新的城市裡我們一起向前奔跑。

我從不稱它為「牽手」，對你而言，那只是兄弟間的拉一把。可我卻時常在與你行走間，特意空出靠近你那一側的右手，以便下一次你再臨時起意拉上我。

我假裝走路不小心，搖擺間輕觸你也空著的左手，而你非常偶爾的偶爾，會一邊聊天說笑，自然牽起我。似乎不同於我的刻意，你泰然自若。喔！不，我用詞有誤，只是握住，只是抓住，只是拉著彼此，不是牽手。牽手這詞不能隨便用，要是真的牽手，便是另一個意思了。我們都有女朋友，我對自己說。

到家門口，我鬆開手，拿出鑰匙，準備上樓。

我們租的房子，是一戶屋齡四十年的二樓老公寓，兩房一廳，我們只租了其中一個房間，其他空間全是舊家具與房東堆放的雜物，沒其他人。房東年邁，長期待在國外，閒置的房產像不要了一樣，由代理人隨意出租，月租彿系八千元台幣。爬滿壁癌的牆，不斷閃爍的日光燈管，大概幫我們省了不少租金。

最初看上它，是因為陽台外推加裝落地窗，晨光總能穿透樹梢，曬在我們並列的舊書桌上。室內坪數不大，兩個人住其實有點窄，卻窄得讓我有好感。雙層單人床架，你睡上鋪，我睡下鋪。這是我們家的模樣。

你說你會想跟我住，是因為你很珍惜我。
你問我，為什麼會想和你一起住？
我只說房租貴，需要一個分母。
面無表情，掩飾我正因你的話語而悸動的事實。

我們將壁癌刮除，漆上淡亞麻棕色漆，地板貼上仿木紋地貼，一起賴在那塊便宜的短毛地毯上做起居家運動，再拉筋伸展。後來只是躺著，我的下身蓋著一條毯子，與吳一生一起看著天花板垂吊的燈泡串，昏黃的燈光在我們之間添上一點浪漫。你說我的品味不錯，換了燈飾後，家便溫暖起來。
我拉了小毯子，沉浸在被肯定的喜悅中。此刻，我的臉頰感受到一陣陣氣流，紅茶的味道？欸！等等……你是不是靠我太近了？

我盯著天花板，右側臉頰感受到吳一生的呼吸。我的右手肘輕觸到你的心跳，不同於我越跳越快的慌亂節奏，你是沉穩而緩慢的。你的下腹部向我的手腕處輕靠，一份紮實而堅硬立體的觸感，使我一毫米也不敢移動，深怕誤觸或打破些什麼。

空氣安靜得只剩下你輕輕的呼吸聲，以及時鐘指針一秒一秒的輕聲移動。而這份安靜，很快的，便被我的心跳擊破，跳動的速度，跟不上我喘息的次數。我感覺到體溫過熱，心臟大力跳動，先是跳到喉嚨，再放任它跳下去，似乎將從口中躍出。它每用力跳動一下，我的身體也隨之震動。

你唇齒間呼出的氣體，尚留有剛喝下紅茶的淡淡香氣。

我脹紅的臉鼓起勇氣轉向右側，眼前的吳一生睡著了。看著你闔眼的長睫毛，和根根俐落密度飽滿的眉毛，視線順著輪廓繞上挺拔的鼻梁，向下走到鼻尖後，停留在微微嘟著的嘴唇上，我像是要窒息。

凝視吳一生的時候，漸漸發現紅茶的香氣怎麼不見了？為何我好像快暈了過去？是怎麼一回事？深深喘了一口氣，才發現是太專心，凝視你的時候，我忘了呼吸。

拉上小毯子，仔細蓋在我倆身上，我是擔心你著涼。

深夜裡，我計算著時鐘秒針走動了幾下，我的心跳震動幾下，你的心跳輕輕躍動幾下。小毯子內我們的溫度交互加熱彼此，時間像是過了好久，我漸漸失去意識。下一次清醒，已是眼前咫尺間，你對我說的那聲早安了。

你躺在我身旁，喚了一聲早安。
離開高中生活，我依然是你的褪黑激素，
你依然是我早晨的鬧鐘。
不過，不再是長達七小時的電話，
而是面對面，我們在彼此身邊。

後來的日子，靠著你，賴著你，便成了我的習慣。

你是我的枕頭，當我累了，將頭倚靠你的胸口。
也是我的抱枕，心情不好，你給我加油打氣的懷抱。
是我的棉被，天冷，你總愛爬到下鋪與我蹭一張小床。
是我的外套，風大的時候，從後方環抱。

你成為我再也不可或缺的日常。

當日子不再只為自己而活，
才明白什麼叫做「好好生活」。

我們的生活逐漸重疊，我找了份五十嵐飲料店的打工，你隨後也加入了工讀，目標一年後買輛二手摩托車，一人付一半。櫃子上的小豬存錢筒，我們每天各存五十元，約好每半年殺豬一次，湊起來貢獻給我們家的日常開支。

我們肩負彼此，承擔共同的家。

房間不大，只有一個衣櫃，以節省空間的名義，我們共用所有日常便服，幾乎是買你的尺寸，我也享受著Oversized的樂趣。畢竟你總讓我挑我喜歡的款式，你便省了挑選的麻煩，直接複製我的審美眼光。當然，內褲與襪子也不例外。男生嘛！隨性了點。

同一瓶沐浴乳，同一支香水，同一罐髮蠟。唯獨不同的，有兩樣東西，其一是你有一本不讓我看的日記，四位數密碼鎖，寫的時候，你會爬上你的上層床鋪，我尊重你擁有小小的私領域。你總是謹慎的將日記本鎖上，再收進舊書桌最下層抽屜。其二是你生日時，我送你的 iPad 平板電腦，既然是送你的禮物，便是你的，我沒有無恥到把禮物拿回來使用。

你比較奸詐，送我的生日禮物，是你一個人付清我們摩托車的費用。送我的禮物，你也可以用，等於是送給自己的，不是嗎？哈哈！但我依然很開心。

開心得有些不好意思，我應該難過才是。畢竟陳庭庭才趁我昨天生日，傳來祝賀訊息，大概是希望我們長長久久那類的情話時，我也意識到我該做一個選擇

——回訊息和陳庭庭提分手。

搬到台北定居後，將近兩年沒回家，我與她也近兩年未見面，早已失去情侶的感覺。死賴在一段失去靈魂只剩形式的感情，我對她感到虧欠，也對自己抱歉。

我喜歡陳庭庭，但更喜歡以友誼的形式。

「我還是很喜歡妳，只是更喜歡我們是友誼的形式。」

我打上這條訊息，將它靜置在輸入區兩天。

我第一次感受到，「對自己誠實」是多麼舒服的事。

不誠實的代價，是我辜負了陳庭庭，更讓自己深陷糾結中。

反覆思量這條訊息帶給我的意義——

謝謝陳庭庭，因為生命中有妳，我才認識自己。

人活著有太多的不得不。

我們所做的選擇，大多滿足了他人的眼光、現實的包袱，而非自己真正心之所向。

想清楚了。

傳送。此生第一次對自己真正誠實的決定。

傳完訊息後的日子，我所收到的，是幾十幾百通未接來電，手機堆滿永遠來不及讀取的訊息。她不斷道歉，我卻不知她為何道歉。她一點都沒做錯，錯的是我。沒感覺的是我，選擇誠實的是我。

我甚至曾回問她：「妳到底愛我什麼？」

她卻回答不出來。就算她回答了，我也不會有所改變。

愛跟數學一樣，數學不會就是不會，愛沒有就是沒有。

而她，真的愛我嗎？

她究竟愛著我什麼？

摩托車送來隔幾天，陪吳一生騎到戲曲學院給妮哥看一眼。一個月沒見面了，妮哥經常憤怒於「遠距離戀愛」。一小時的距離，叫做遠距離嗎？妮哥的說法是，有心的話，隔一片海都像是鄰居；無心的話，住在同一座城市，也算遠距離。

遠方一位膚色融入黑夜中的女孩，雀躍的走向我們，路燈漸漸照亮了她那總是笑意滿盈、善良聖母的臉。當她越走越近，我看見了……在與我對眼的瞬間，她的聖母笑……垮了。

「你不是一個人來嗎？現在是？」妮哥狠瞪吳一生說了這句話。氣話。吳一生的直白並沒有讓情況好轉：「車子是我送他的生日禮物，當然會一起騎啊！」

「你和你朋友朝夕相處，我們卻一個月只碰兩次面，你不覺得很奇怪嗎？」妮哥的提問裡，用字精闢。

「朝夕相處？這四個字有別的意思？」

吳一生知道她意有所指……

「就是那個意思。」

妮哥絲毫不避諱我就站在旁邊。

「這倒像是在跟我朋友吃醋了？」

吳一生說這句話時，噗嗤一笑。

這一笑，像是認為對男性朋友吃醋是不可思議的事情。

吳一生接著說：「朝夕相處沒錯啊！他是我最好的朋友啊！」

妮哥回了一聲加大音量的「喔！」便轉身離開。

吳一生沒有追上前，看了我一眼，「走吧！」我說好。離開時我才發現，妮哥和吳一生說話的整段過程，不曾正視我，像刻意忽視，大概是藉此表達不滿。

即使妮哥無視我，我心底卻浮現一絲讚嘆……
高中時隨波逐流化妝的她，經常被嘲笑，因為她從來找不到適合自己的妝容。而此刻她小麥的膚色，不再被死白的粉底掩蓋。俐落直白的單眼皮更顯氣勢，雙眼不再被黏貼拉扯。眼距較寬的特色，在大人的審美眼光裡，或許是一份國際化的美感。

妮哥很努力吧！
與吳一生分開的日子，
愛情淡了的日子，
她拚了命想找到自己的樣子。
此刻的她，除了深不可測，更多了精明幹練的氣息。
除了自信，更多的是率真。

這是第一次，妮哥明目張膽的在吳一生面前大發脾氣。過去她在吳一生與朋友面前總是演出善良的聖母形象，我不曾見她摘下聖母假面。我以為她會演戲一輩子，自我包裝一輩子。現在她選擇拿下聖母面具了，為什麼？有什麼事我不知道嗎？

那些年，臉書剛在台灣流行，
而她的社群簡介只有強勢的六個字
——我決定我是誰。

人群中，她的沉默已不再被同儕貼上可悲的標籤。
而是一份……不屑一顧，厭世且難以高攀的高傲。

心裡苦的人，總得格外努力證明自己。
她自信狂妄，像要把世界欠她的全討回來。

她的憤怒與責怪合情合理，畢竟吳一生除了體育專業項目訓練以外，便和我一起打工。下班也累，我們幾乎待在家裡。我開始有些愧疚感，他應該陪他女友才對。想起我們日漸親密的互動……這讓我產生一丁點罪惡感。但沒事，轉頭就忘了。

五月，穿梭在台北夜幕的涼風中，梅雨季難得沒下雨的一天。後座只穿短袖的我有點冷，騎進辛亥隧道後，空氣變暖了，而我腦中在思考的是，友情跟愛情哪個優先？我們的友情，是否超越了友情？即使超越了，那也是如家人般的珍惜，對吧？早在妮哥尚未出現以前，我與吳一生就是生命共同體。我合理化一切，但也說服自己，我們不是愛情，不是愛情。不是，不可以是。

可是為什麼？
你總樂於擔任我的摩托車司機？
你總能成為我的枕頭，
也是我的抱枕，
更充當我的外套……

你的珍惜，與我的珍惜之間，是否有一個誤區？
而我們，在誤區裡又能待多久？

你……還能珍惜我多久？

「要出隧道了喔！會有點冷，隧道出口是山坡下曬不到太陽的凹陷處，有山風。」前座的吳一生說。而我根本無心思考你在講什麼，因為在你說話的同時，便將我的手拉進懷中，你先是搓揉我冰冷的手。「你穿太少了，抱緊喔！」你要我抱緊。我沒說話，只是靜靜感受胸口貼著你厚實的背肌，雙手環抱著經你允許而肌肉分布緊實的腰間，感覺得到薄薄布料微透著的體溫，將我漸漸加熱至與你相同的溫度。我知道，你很珍惜我。

而你的動機，都歸因於……

我是你口中的……「好朋友」。

我們在愛裡傷心，
不一定是捨不得對方。
我們只是，
心疼那個受傷失望的自己。

平安夜，我送你一只手錶。不貴，飲料店打工能負擔得起的價格。手錶的意義，有人說是「表白」，也有人說「時間是不會消失的」，象徵親情與友情的永遠。又或是

——未來的日子，我把時間都給了你。

你很開心收下。你說喜歡，你說會好好愛惜這只手錶。今晚，我們買了新油漆，想換家裡的風格。漆油漆時，耳邊單曲循環一首浪漫氛圍的歌曲，一首每到聖誕節便會被重複播放的歌曲：

I should be chillin' with my folks I know
But I'mma be under the mistletoe
With you, shawty with you
Your lips on my lips That's a merry merry Christmas

Justin Bieber〈Mistletoe〉

當音樂重複循環整個平安夜，你的手機響起。你接起，但雙手沾染油漆，於是你開了擴音。我聽見電話另一頭，是女生在哭泣。

是妮哥的聲音：「我被趕出來……」

吳一生請她再說一次，沒聽清楚。

「寶貝……嗚……寶貝，我跟室友吵架，她要把我趕出去……我打給房東講……」妮哥的哭聲嚶嚶。討拍式、惹人心疼的語調和啜泣，不時打斷她想表達的句子。

「講什麼？妳說什麼？」吳一生問。

「你在家嗎？音樂怎麼那麼大聲？音樂可以小聲一點嗎？我都在哭了，你難道不能專心跟我說話嗎？我！叫！你！把！音樂關掉！」

妮哥的哭聲停止。那是一秒間的情緒轉換。語調冷漠，像是一種「你沒發現我在撒嬌！沒發現啊？煩死了！我換一招」的刻意感。

「我剛剛是說，我打給房東講，結果房東叫我們都搬走。我只能再住一個禮拜，但我也不想跟她住了，我搬過去跟你住好了。」

她是問句，還是已經做了決定？

吳一生聽了不知所措，沒有回話。他看向我，大概是在求救。

而我趕快搭話：「當然可以啊！來住幾天沒關係，現在外面那麼冷，先別哭了。」

電話另一頭沒再回話，通話進行中……

隔了許久，將近三十秒的空白……

吳一生問了一句：「妳還好嗎？」妮哥沒有回答，掛上電話。

凌晨十二點，平安夜結束。

門鈴響了，是妮哥，她真的來借住了。

她沒有行李，也沒有說話，躺在吳一生的上層床鋪使用手機。聖誕歌依然在循環，此刻詭譎的氣氛，與歌曲的浪漫氛圍不搭。空氣中我嗅到一股負能量，但油漆得繼續刷。

吳一生的刷子濺起幾滴油漆，斑駁灑在我臉上。吳一生笑著脫下手套，拿手機拍了我。我看照片，真的很糗，看完竟笑到站不起來。你拿了濕紙巾幫我擦拭臉上的油漬斑點。畢竟是你造成的，自己收拾。

笑聲與音樂聲中，突然「砰」的一聲撞擊，讓我們都沉默。回頭看，妮哥狠瞪著我們，地上是一支螢幕已碎裂的手機，怒氣催使她摔了自己的手機洩憤。「吳一生，我在這邊難過，你笑什麼？我是你女朋友你記得嗎？哭給你看了，你還要我做到什麼地步？我還要慘成怎樣你才會主動關心我？」

吳一生還是老樣子，遇到爭執就沉默。

妮哥的憤怒指向我：「我沒看過有人分手還可以活得這麼快樂的！你安什麼心？你心知肚明。」等一下……她怎麼會知道我分手？我連吳一生也沒說。吳一生看我的眼神，像是被我分手的消息震驚到，比起眼前發瘋的女友，似乎我分手更令他在意。

妮哥並沒有要放過吳一生此刻的沉默：「我忍很久了，我真的受夠了！」妮哥大喊著自己受夠了，喊完後是一陣吼叫，尖銳的，接著空氣靜默下來，再次無人說話。

時針與秒針一格一格走過，我與吳一生像是被責罵的孩子般低頭，直到妮哥將發怒的表情換上一副不屑的眼神，她以冰冷的語氣質問：

「我的英文不好，但也聽得懂這首歌是什麼意思，Your lips on my lips, that's a merry merry Christmas，你們在我背後聽這種歌嗎？很浪漫是不是？很快樂是不是？整個平安夜只有我不快樂是不是？憑什麼你們那麼高興？

說啊！不敢回答我嗎？好。吳一生，我問你，你的手機密碼0503，是因為我生日0503，還是王翔禮生日0503？有種就誠實對我說啊！為什麼老是懦弱，老是逃避，爛透了！你現在立刻給我說清楚！在王翔禮面前，給我說清楚！」

空氣凝結，不再自在了。

平淡確幸的日常，開始尷尬了。

在妮哥說話以後。

人總想著要擁有一個誰，
才能好好生活。
自己一個人，便沒有了生活。

我認識的妮哥，第一志願國立台北藝術大學，但她的分數勉強只能進入戲曲學院，而且是劇場藝術系，不是她夢寐以求的美術系。妮哥含恨。在恨意裡拚命想藉由比賽成績證明自己的價值，連續兩年在全校性美術比賽中獲得第一。

後來她經營插畫粉絲頁，一個插畫配一句經典語錄，幾千幾萬個讚，迅速滿足她的虛榮感。緊接著，商業聯名、時尚雜誌合作陸續而來。她是全班最早把藝術創作成功變成謀生工具的學生。插畫師，亮麗唯美的頭銜，如她所願。

吳一生與妮哥約會頻率兩至三週一次，相約在兩間學校的中間點，方便快速吃完飯，趕回學校訓練，或回店裡上班。約會即使短暫，也足夠讓妮哥感受到，與行人擦肩後，路人回頭率很高，妮哥認為那些人在講她壞話：「帥哥旁的醜女、男方很善良、這麼醜一定是真愛。」

不過都沒關係，男朋友就像名牌包，就該帶著炫耀。

「你們都嫉妒我吧！儘管看。」

她花太多力氣向世界證明自己。

花太少力氣喜歡自己。

起初我老是質疑吳一生究竟喜歡妮哥什麼。

後來我發現，「勇敢」和「誠實」便是妮哥的魅力吧！

妮哥喜歡「妮哥」這個名字，即使取名者帶有貶意，卻讓她原本的普通平凡，變得印象鮮明，她喜歡被記得的感覺。

她一旦狂熱某事物，便奮不顧身追求，得罪全人類也不畏懼。即使知道自己不完美，也要帶著缺陷，不顧旁人眼光，盡情掠奪。多少人能如此勇敢？她的出現，劃破了吳一生平靜到假象的世界。他總是太體貼他人，對自身需求裝聾作啞。於是，他崇拜她的勇敢。

吳一生總把委屈吞下。

而妮哥的倔強，總有手段以牙還牙……

經典的故事，是妮哥母親向鄰居誇耀女兒期中考第一名很給面子，並叮囑妮哥下次不許退步。妮哥下一次便故意考了最後一名，把她媽氣死。妮哥在吳一生面前，拎著成績單，鄙視著母親，回嘴一句：「我的成績才不是妳的面子。」

就是那一次，吳一生羨慕著妮哥不願被束縛的勇敢。

她不甘心成為母親炫耀的工具。

卻不禁著迷於在公眾場合牽著男友，

享受路人投來羨慕的眼色。

嗯！雙標。

記得吳一生轉述他去妮哥家作客的經歷。妮哥母親以同情的口吻向吳一生安慰一句：「辛苦你了，我女兒，哎！」便和吳一生嘮叨女兒的狠勁與倔強。

「那次我女兒花我錢，買一雙粉紅色的新球鞋，我酸了她一句：『還沒開始賺錢，就只會亂花錢！』結果你知道嗎？她竟然賭氣，硬是把那雙粉紅色球鞋穿了三年，破掉還不換，就只為了教訓我，跟我賭氣，證明自己節儉。」

妮哥的母親在餐桌上抱怨，妮哥是最後一胎，最難搞的一胎。

「我生了九個喔！有九個孩子。第一個跟第九個差二十五歲，第一胎二十歲，一直生到四十五歲。小女兒喔……又黑又不好看，也不知道像誰。那時都四個月了，才發現懷孕，一邊幫老公做生意，一邊照顧小孩，多生一個，拖油瓶！上輩子欠的。」

妮哥母親不給女兒面子。

餐桌前，吳一生面有難色。妮哥卻是微笑，笑著從口中射出毒箭：「幸好我不是第一個出生，我出生時，大姊已經跟妳相處二十五年，她真倒楣。晚一點出生很好，等我長大了，妳也老了，差不多要死了。算我幸運，相處時間最小值。」

她的以牙還牙，從小鍛鍊。她卻好討厭長大過程裡，總在鬥，總得為自己爭取，總要比別人更努力。

她好累！她好討厭自己，討厭那個想好好去愛人，卻在愛裡面目猙獰的自己。

平安夜，妮哥尖銳的吼叫聲劃破幸福以後，我們的視線停格在地毯上，迴避任一方的視線。我將聖誕音樂關掉，三人間，空氣凝結。

而我的手機響起一則訊息：

是陳庭庭：「不讀？」

喔！對，我忘了讀她訊息。

從那次以距離為由，向陳庭庭提了分手，至今依然會收到她的訊息：「你聖誕節不跟我過嗎？算了……」「我生日你沒有要表現什麼嗎？算了……」「週末有空嗎？算了……」每一句「算了」的背後，是無止境的失望。

即使我明確告知她我們不可能，至今她依然不肯放手：

「你不是問我喜歡你什麼嗎？你跟別人都不一樣，和你相處時，一點壓力都沒有，像朋友一樣自在。你不像其他人會給我壓力。」

來不及回覆，她打了電話過來。我按掉。

畢竟妮哥大鬧平安夜，我已經應付不來。

這個凌晨，經一番鬧騰後，我們都疲倦了。吳一生以手勢指引我到門外，他悄悄拜託我，可否出去住一晚，說是妮哥指使他親口要我走。她表示現在狀態不佳，需要男朋友的陪伴與安撫。我說好，現在凌晨一點，我早上九點回來。

離開後，我在寒冷的冬夜裡閒晃了八個小時。

大多時間坐在便利商店避寒。

其中和陳庭庭聊了四個小時的電話……

故事是陳庭庭昨晚離開房間時，母親偷看了她的手機。看見女兒與我的對話紀錄，母親氣急敗壞……她氣到根本忘記掩蓋偷看手機的事，質問女兒為何要那麼卑微，糾纏一個不愛她的男人……

陳庭庭絲毫不願做解釋，

顯然，她更憤怒於母親干涉過多的事實。

「我不是故意要偷看，我只是看見妳每次都躲在房間哭，所以想查清楚是什麼原因，媽媽是因為關心妳。」

母親以關愛之名義，似乎做什麼都是對的。

「我沒有哭。妳又沒看到，不要亂猜測！妳毫無根據。重點是妳未經允許偷看我手機，缺德！」陳庭庭再次反駁。

「都拍到了，什麼毫無根據！」母親怒氣裡口無遮攔，不小心脫口而出。

「拍到？」

「沒有，不是拍到，我說錯。」母親言詞猶豫，眼神飄移，像是作賊心虛？

在陳庭庭逼問下，母親才坦承，在房間的空調葉扇後安裝了小型監視器，原本是要用來監視家中的貓狗，現在拿來「關心女兒」。

「妳是媽媽生的，關心女兒有錯嗎？」

母親的言論與陳庭庭的價值觀像兩條平行線。

監視器斬斷庭庭對母親的最後一絲寬容：

「我已經長大了，不要再控制我了。我也早就不想讓同學知道我媽很大方了，就是妳送飲料給大家，做那些校園公關，害我人緣好到沒朋友。」

「媽媽對妳好，照顧妳同學，媽媽錯了嗎？」

母親激動的情緒灑向女兒。

「我本來人緣就很好，就因為妳！我現在根本不知道大家是要喝飲料，還是要跟我當朋友了，那些討厭我的人，喝了妳請的飲料也不會變成喜歡我。到底幹什麼給他們喝！」

女兒的責怪像積怨已深。

「妳人緣好？不就是因為我生給妳一張漂亮的臉嗎？陳庭庭，妳要知福惜福，妳以為妳為什麼會跟大家不一樣？妳的衣服我幫妳改的，保養我帶妳做的，妳有的都是媽媽給妳的。要感恩，要孝順。」

母親的氣話，像是真心話。

當言語已不夠使用，當翻遍腦海也搜不出更精確的語彙讓人理解我們，當無法闡述自己的痛苦，這便是谷底，再也不奢望眼前最在乎的人理解我們。我們依然痛苦，卻不再出聲。

爭執後的陳庭庭與母親，無聲癱坐在冰冷的磁磚上。而先將雙手撐起，從地面站起身來劃破沉默的是陳庭庭。陳庭庭的絕望眼神與母親的失望眼神相接，隔著一層淚，模糊的視線間，陳庭庭用力脫下媽媽給她的衣服，脫到連內衣都不要。

她把媽媽帶她去燙的頭髮剪了幾刀，刀刃聲中，她以冷漠的口吻留下最後一句：

「嗯！媽媽給的，那我全部還妳，我不要了。」

即使，她勇敢說出丟掉媽媽給予之一切的狠話，卻不勇於刪除自己的生命，母親給的生命；更懦弱於劃破自己的臉，母親生下的臉。此刻她討厭母親，更討厭如此討厭母親的自己。

陳庭庭擁有的愛，總是充滿壓力。比如過度關愛的母親，或熱烈追求的男性。唯有我，她說的，能夠自然與她契合，不捆綁，無束縛，相愛時如摯友……

清晨五點，陳庭庭在電話另一頭已經睡去。

即便分手了，我也不希望從此消失在她的生命裡。

窩在便利商店等日出的時間，

我想著……

曾經相識的兩人，即使關係結束也不可能變得不認識。

一種關係結束，兩人該用另一種關係繼續延續感情。

這才是真正的珍惜。

我珍惜著，與陳庭庭相識後，她讓我更認識自己。

但願她愛過我以後，更清楚自己適合什麼樣的感情。

願她終將遇見一個對她好的另一半。

願她也更認識自己。

如果可以，我願意，以朋友的名義，

陪伴她走到她幸福的那一天。

好希望你幸福。

也怕你太幸福，

在餘生裡，

不小心就忘了我。

當天色漸亮，我離開便利商店。

寒冬中，喝著超商買的熱巧克力，在住家樓下的早餐店門口踱著步。

撐著睡意，倒數能回家的時間，等待早餐。

此時，看見大門打開，妮哥正要離開……

她的表情仍是一副禮貌的聖母微笑，沒對我說話。

妮哥平靜至極，聖母模式再次開啟了，為什麼？

她優雅的踏出步伐，輕輕闔上大門，因她的溫柔輕巧，鋁合金大門並未發出聲響。她翹著小指的手緩慢移開門把，亮麗甩髮後轉身，給我最後一抹聖母微笑，踩著交叉步，抬起下巴離開。什麼意思？我不知道有什麼事，能讓一個暴躁的女人一夜之間轉換情緒。

更精確的說，聖母模式的妮哥，表情異常平靜。

「沒事吧？」打開房門，手提早餐，我問吳一生。

「嗯！沒事。」他收起手上的日記本，鎖上，放進抽屜，是那本我不能看的日記本。他起身整理我的床鋪，看來是妮哥躺過。真的，才一個晚上，枕頭上已混雜了別人的味道。

我看吳一生手上並沒有戴我昨晚送他的手錶。

送禮物後，最糾結的，是不知道對方是否真的喜歡。

日子照樣過，彼此課業紛雜繁重，回家的時間都晚，我先睡了，或他先睡了，選的課時間不同，於是起床時間也不同。最近打工的排班，他的班表正好和我錯開了。吳一生最近經常一忙碌便消失無蹤。

幾個月後的某天，我發現平時我戴的安全帽有被調整釦環的痕跡。隨口問了吳一生：「你心情不好去兜風喔？」他說沒有。句點。其實我知道，釦環調整後是女生的尺寸。

後來的某個清晨，我聞到從未在家中聞過的化學香氛氣味，吳一生使用一瓶我沒見過的便宜香水。接二連三，細節變化不斷發生，先是髮蠟多了一罐，沐浴乳多了一瓶。後來吳一生戴了一條不知哪來的金項鍊，品味不太好的款式，那並不適合運動員。吳一生為何變得不像吳一生？

根據安全帽裡遺留的髮絲，長度約莫耳下五公分，那是妮哥的頭髮？很正常嘛！載女朋友出去走走。不過我心裡依然產生一丁點不成熟的疙瘩，這輛車不是你送我的生日禮物嗎？即使你擁有一半的所有權，我還是希望能被通知一聲。

而且，他依然沒有戴我送他的手錶。
我有一點灰心。

灰心不只是手錶，
而是疑問一個又一個出現……

金項鍊是什麼意思？
便宜香水是什麼意思？
悄悄騎車出去是什麼意思？
妮哥又是如何知道我分手？
平安夜，我離開後，發生了什麼事？
吳一生此刻的心情，又是什麼？
我們從原先的無所不知，突然間各自擁有隱私。

即使你與我同住，即使你與妮哥分隔兩地，你也依然每日與妮哥保持聯繫，我知道你珍惜著她。就算我意識到妮哥對我積怨已深，我也從來不願意要你在她與我之間做選擇。

那不是太為難你了嗎？你的愛人，與你的兄弟，兩者分別完整了你的生命，少了誰，都等於傷害了你。

於是，我默許一切發生。

繼續擔任你的好兄弟，靜靜陪伴你遭遇愛的苦澀。

夏天再來，小豬存錢筒又滿了。過了這個夏天，便是大學的最後一年。我說：「住在這裡三年了，好快！剛來什麼都沒有。合約只簽一年，期滿也沒續約，就一直乖乖定期繳房租，老房東也沒有聯絡過我們……你覺得，如果我們不繳房租了，他會發現嗎？」吳一生說不會，老房東不缺這八千元。

冷氣老舊，噪音越來越大，卻蓋不過窗外六月的蟬鳴。

我看見你空著的手腕，想起那次平安夜送你的手錶……你可能不太喜歡，因此沒戴。

突然你開口了：「我之後會搬出去跟妮哥住。」

我們沉默在冷氣運轉的聲音裡。十秒，三十秒，還是五分鐘？不知道過了多久，我像翻閱三年來的回憶，要離別了嗎？好突然。回過神來，「很好呀！」我說。

「她是你女朋友，早就該跟她住了，我也很不好意思，一直占用你們的時間。她也因此很沒安全感，讓你壓力很大吧？對不起！」我自言自語。

「你不要在意喔！我一點問題也沒有，安心搬過去吧！」再次自言自語。

「你離開前，我教你用洗衣機，錄一段影片給你好不好？不然你不會用怎麼辦？」仍然自言自語。為什麼你不回答我？

「怎麼不說話？再過一個禮拜就要殺小豬了，我們的第六隻小豬。你會殺完小豬才走嗎？」

吳一生回答：「不會。」

只有兩個字？

是不想說話嗎？

於是我拿起手機……

「那你什麼時候搬？」傳送。

你還是只吐出兩個字：明天。

「你不是有申請交換學生嗎？之後要去其他國家打籃球，其實不用現在特別搬家一次，對吧？」傳送。

「嗯！」一個字。

「可不可以不要搬走？」停，刪掉。算了，不該這樣。

換成一個字，「嗯」，傳送。

我背對你，聽見你在手機鍵盤上敲出了幾個字：

「○○○○」

卻又聽見了刪除聲。

你想傳什麼？
怎麼不說了？
我回頭看你，而你背對著我，低頭。

因為我們是我們，
所以我們是我們。
若其中一方離開了，
我們，便各自不再完整。

「明天」很快到來，還來不及整理家裡，更來不及整理心情。門鈴響起，開門見到妮哥。自從上次聖誕節見到她帶著聖母笑容離開後，我便再也沒見過她。

妮哥進門後喊了一聲：「快點！時間不等人。」

吳一生便從上鋪慢慢爬下來，剛睡醒，他還恍恍惚惚。

當我從廁所走出，妮哥已坐在我的床上。

「我就坐這吧！空間那麼小，連能坐著的地方都沒有。」

我沒回話，只是默默接受她的自作主張。

發現她臃腫的身軀凹陷了我的床墊，看來日子過得還不錯，這半年來胖了許多。而她貴婦般的雙手環抱胸口，寬鬆的連身洋裝，艷紅色裙襬散在我色調質樸的米色床單。

「簡單收一收，十分鐘內。動作！」

她說話的表情是機械式聖母微笑，已經僵掉。

「不會打擾你太久喔！」她對我說。

我替吳一生著急。

「一生，一起買的家具很難分一半，我想這樣，洗衣機給你帶過去好了，電視留我這邊。地毯和檯燈你帶過去，書桌不好搬，我留著。你的被子床單我都洗好裝好了，外套有六件，我們一人拿三件。小豬存錢筒殺的時間還沒到，我們提早殺一殺，一人一半，可以嗎？」

吳一生把頭埋在衣櫃裡，沉默很久，

後來他說好，一人一半。

妮哥不喜歡吳一生的回答。再次催促整理行囊的節奏：「動作加快！這些東西新家都有，我用比賽獎金把家具都買好了，你不缺，能不帶就別帶了，省得糾纏不清。過去的事情就丟掉吧！不要占空間了。」

打開衣櫃，吳一生像是要把衣服掛回原位：「不然就都不要了吧！我也不知道新家有些什麼，帶過去怕給妮哥添麻煩。」

吳一生站在衣櫃門後，我看不見他的表情，只覺得冷漠感快要令我窒息。

我轉身，假裝整理書架，眼淚滑下來，不想被他看見。

擦掉眼淚，我說：「你不要，那我也不要了。」

說的十分鐘還沒到，妮哥卻已經不耐煩：「快點！我叫車了，已經在樓下等。衣服再買就有了，拿電腦就好，其他不值錢的就別拿了。存錢筒的錢叫他自己算好之後匯款給你。你動作很慢，司機在等。」

「喔！對了，摩托車我請車行過來收。」妮哥補充。我心想，摩托車不是我跟吳一生共有的嗎？我擁有的那一半，是他送我的生日禮物。但我來不及說出口，妮哥已經接著說：

「你別急喔！我知道你要說這是他跟你共有，錢在這，你算一下吧！我多放兩張，以免你覺得不公平。」說完便將一小疊鈔票摔在地上。

她顯得好著急，擾亂了離別的節奏。我根本無法和吳一生好好說再見，也來不及向我們共同的家好好說再見。我好想問你，為什麼會變成這樣？我卻沒有機會問清楚。

「你就這樣走，那我怎麼辦？」情急之下，我說了這句話。

吳一生沒回答。

「我是因為你才選這個科系，跟你一起讀同一所大學，你現在是不想理我了嗎？要斷絕嗎？你要我以後怎麼辦？怎麼辦啊？」我失態了。

「我又沒逼你，你自己選的。」好冰冷的一句話。

妮哥站起來，圓潤的身軀擋在我和吳一生之間，似乎想阻止我們繼續對話：「你又不是他女朋友，鬧哪齣啊？閉嘴吧！」

我並不想理她。我將聲音放大，讓音量能越過妮哥，希望傳遞到吳一生心中……「怎麼可以說走就走？東西都不帶走，不覺得可惜嗎？」你聽得見吧？你的心裡還有我的位置吧？

我們不可能說分開就分開啊……

我本想再多說幾句挽留他，但在妮哥聖母般微笑面前，我一句話也說不出口。我只大聲嗆了一句：「你不要了，那我也不要了。我真的不要了喔！我也不住這裡了。不只你要走，我也要走了。」

來不及好好說聲再見，來不及釐清分開的原因。門關上，計程車開走了。離別竟是如此草率結束。

令我灰心的是，吳一生什麼也沒帶走。

存滿的小豬沒殺，我送你的 iPad 落在床上，你的日記鎖在抽屜……

那些曾經是你珍視的呀！

什麼都不要了嗎……

這天，我躺在那塊便宜的短毛地毯上，看著吊燈，發呆了很久，時而掉眼淚，時而呆滯。想起你靠著我睡著，唇齒間帶著淡淡紅茶香氣，沉穩的心跳，微熱的體溫。明明是該被珍惜的回憶，我卻反胃，想要忘記。

簡單帶了幾樣行李，我也離開了。

我發誓不會再回來，隨便吧！你能丟下，我也能。

不久之後，我大學畢業了。我想你也是吧！我出社會了，或許你也是吧！我還在台北拚命工作，而你，或許在某個國家打籃球，盡情揮灑你熱愛的運動。

那個家被塵封了。被我們拋下了。
我們曾經的互相珍惜，也被塵封了。

在沒有你的日子裡，起初我時常想起你，也記得妮哥說的那句話：「你又不是他女友，鬧哪齣啊？」或許就是因為不是愛情，所以沒有資格執著；或許就因為不是愛情，所以即使再珍惜彼此，也必須分開吧！

原來人會一夜長大。
長大是一瞬間的事，
就在我們最珍惜的人，
不在身邊了以後。

長大的過程，偶爾回頭，我們才知道，
自己竟然好辛苦的走了那麼長的路。
再偶爾回頭，我們會發現，
總有那麼一個人，他代表了我們的整個青春。
隨著他的離開，青春，也跟著結束了。

本想學會一個人好好生活。

沒有你以後，

才發現，再多的快樂，都是假的。

成年人彼此間的關係很單薄，結束一段關係，通常不需太多理由，只是悄然無聲，漸漸疏離。常常算不清楚，究竟是誰先放棄誰的？你覺得是我放棄你，我卻認為是你先放棄我的。

就在你不問，我不說；你不追，我不等；你不回頭，我也不喊你一聲的過程中，一次又一次錯過。很多時候，錯過了，就是一輩子。

二十八歲的我，似乎已經忘記六年前的任何傷痛。起初是恨，後來嚴重陷入一段低潮，之所以會有走出深淵的念頭，是意識到，時間不過是教會我們，任何人都可能背叛我們，但絕不會背叛自己。我們都專心在自己身上吧！事業成就、自我實踐、賺錢，嗯……多麼踏實。

至於愛情，自從和陳庭庭分手，我便沒有再談戀愛。一方面覺得人際關係麻煩，一方面再也不曾擁有過愛，付出過愛。不重要了，我根本不想要。

但生命依然孤獨。

人生的交集，人與人相聚，爾後分離。我們珍藏彼此的笑容，再拋諸腦後。惦記曾同行的日子，再忘卻，孤身漂流。

生命的最終，誰都不過是獨自路過人間。此刻，便也無須在意與誰相伴，畢竟，遲早要分開。

看懂了這一切，平安夜、跨年、生日，我不再過節，那些只是日子裡的其中一日，我不再嚮往任何儀式感。

印象中，我二十二歲生日那天，大約下午時間，曾收過吳一生的訊息：「生日快樂！」我回覆後，他卻連已讀也沒有。

那年聖誕節，大約也是下午，他傳了聖誕快樂給我。同樣，我回覆後，他依然沒有已讀。上一則訊息也沒有顯示已讀。

類似情況還有大年初一、端午節、中秋節。

後來某日，我睡到下午，叫醒我的是他的訊息：「我要出國打球，先別聯絡了喔！」

老樣子，我回覆後，他未讀。

起初我以為是通訊軟體故障，仔細研究才知道，對方沒有已讀，卻接著傳了下一條訊息給我，代表對方並未收到我的訊息。可能性一：對方封鎖我，並在解除封鎖後，傳了訊息過來。可能性二：我的訊息尚未被閱讀前，便被對方刪除了。

不管是哪種可能，都不重要。重要的是，我必須專心過好我的日子，過好這份即使空洞乏味，再也不知道快樂是什麼的孤獨日子。

後來二十三歲生日時，或許出於好奇心，我打了電話給吳一生，卻發現他的號碼已是空號。他不再使用舊號碼了，或許在某個國家快樂的打籃球？他已經將過去整理好，有了新的人生，而我也該放下，去走自己的路。

我們都不該輕易依賴誰，依賴會成為習慣。
當分別來臨，我們失去的不只是對方，
還失去生活重心，嚴重則失去整個人生。

衣冠楚楚的我，二十八歲存了一筆錢，有不錯的居住環境，一份稱頭的工作，漂亮的簡歷，這或許便是前段班的大人才有的模樣。感情用事的人，成不了大事，再多的愛，都不如擁有一戶房子實在。

陳庭庭的際遇和我相反，她談了很多次戀愛，甚至把我當作樹洞般分享她在我之後發生的情史。我以一個同鄉友人的身分，時常聽她說說話。

「王翔禮，我又分手了。我知道有很多人愛我，但我似乎缺乏愛人的能力。我比大多數人幸福，但我卻從未感受過幸福是什麼。」

她談的戀愛一場比一場短，一次比一次荒誕，好像再也沒有誰能走進她的生命。

確實，見一個愛一個，那種人，其實誰都不愛。

我們在談話間，總有一顆地雷。當她提起吳一生，我會掛她電話，此後她便絕口不提吳一生，以及與這三個字相關的話題。最後一次，她說，其實她也早已沒再和吳一生或妮哥聯繫了。

和我差不多，我也是畢業後，便和全班同學失聯的那種人，連臉書好友也沒有。

後來有一天接到一通電話，是高中班長。他說要兌現畢業時的承諾，辦一場同學會，不能攜帶伴侶，並且，要拆開十年前寫的時空膠囊。時空膠囊！誰會記得十年前寫了些什麼？

「吳一生會去嗎？」我問。

「我還想叫你帶他一起來勒！一直聯絡不上他，好幾年沒消息了。怎麼！你們也沒聯絡了嗎？」

「沒有，畢業那麼久了。」

「所以才要來參加啊！下個月大年初三，學校門口熱炒店，說好了喔！我還有其他電話要打，先這樣，不能不來喔！」

我還沒回答，班長已經掛了電話，他不讓我有拒絕的空間。或許晚點，或許下個月，再傳一封訊息回絕吧！但我也有個念頭，或許去了，就能見到他？或許日子過了這麼久，一切雲淡風輕，什麼都還有可能？

走在台北鬧區街道上，偶爾看見類似黝黑皮膚、寬肩膀、籃球員身型的人，我依然會想起吳一生。說忘了的，都是逞強，還惦記著呢！畢竟，那份相互珍惜，是我們共同的青春呀！你說是吧？

如果那年，我死賴著不放手，
你會不會還牽起我的手？

二十八歲的平安夜，我家剛請工人粉刷完牆壁，油漆的氣味讓我想起七年前的平安夜，和吳一生一起刷油漆的平安夜。同樣的氣味，但人事已非。我眷戀且猶豫是否該傳訊息給吳一生說聖誕快樂！其實傳了他也未必收到，而我還是打開對話框。

「好久不見，聖誕快樂！」傳送。

一小時，兩小時。果然如從前般，不會讀取吧！

我反覆盯著對話視窗，期待那個已讀字樣出現。

卻只顯示 19:20，已傳送。

吃完晚飯，再看一次。當然，不會有任何改變。我嘲笑自己怎麼還抱有這類期待？哈哈！都多久了？回來，回來，理性一點吧！咦……等等，等等！

我錯過了什麼？

六年前的訊息：

「我要出國打球，先別聯絡了喔！」傳送時間 13:30……

「中秋節快樂！」傳送時間 13:30……

「端午愉快！」傳送時間 13:30……

生日快樂、情人節快樂、新年快樂、聖誕快樂……

全都是 13:30……

下午一點半！什麼意思？

為什麼六年前的吳一生，固定在下午一點半傳訊息給我？

我忽然全身發冷，夜裡，不斷顫抖了起來……

已然錯愕顫抖的右手，碰觸手機螢幕，顫抖間滑動對話紀錄……更驚覺吳一生的大頭貼六年來都沒變。一個人有可能六年都不更新個人資料嗎？或許。

失控的心跳，發抖的四肢，深夜裡，我從床上坐了起來，在臉書上一一搜尋吳一生的名字、英文名字、綽號、線上遊戲的暱稱、論壇暱稱，卻怎麼也找不到吳一生的社群帳號⋯⋯怪了⋯⋯查無此人。

這六年發生了什麼？

為什麼全在下午一點半傳訊息？

那年為何吳一生突然說要搬走？

為何我們不聯絡了？

他換了電話號碼為什麼不告訴我？

他去哪裡了？吳一生就這樣人間蒸發了？

蒙塵心中的疑問，我必須找到答案。

一個晚上，聯繫了所有還能聯繫上的大學友人。再來是籃球隊隊友，少數幾位高中同學，卻沒有人知道吳一生的近況。他們甚至反過來詢問我吳一生的消息：「你們不是最好的朋友嗎？你都不知道他在哪，我又怎麼會知道。」

確實，吳一生的朋友很多，但走進心裡的只有我一個。十多年前不就是如此嗎？

失去一切線索，網路與社群軟體皆毫無頭緒。等等！六年前？對！一定在那裡，答案就在舊家，在吳一生鎖起來的日記裡。不管此刻已是凌晨兩點，我匆匆叫了計程車，衝回那間七年多前我們同住的家，那戶房東閒置不顧的老公寓。

從窗台縫隙搜出備份鑰匙，竟然還在。
竟然開得起來。
我走進屋裡。
燈的開關沒反應，已經被斷電。
我踩到地上從門縫塞進來的各種帳單與郵件，散亂一地。微弱的路燈照亮地面，其中一封蒙上灰塵，深紅色的。拾起，
吳一生寄來的？
我拆開，吳一生的喜帖！
吳一生結婚了？
日期六年前？
我們剛分開的那個冬天？
他不是才大學四年級？

不是要出國打球？

跟誰結婚？

陳淑玲！陳淑玲是誰？

慌亂中我踩到一疊鈔票，是那年妮哥丟在地上的，還在？看來從未有人進來。我焦急撬開抽屜，日記本還在。密碼鎖……？我試了0503，我的生日，不對。再試了0121，他的生日，不對。

會是什麼……？

我在黑暗中來回走動，腦中推測……

日記本通常是寫給自己的。

如果不是0503，代表不想給我看到嗎？

啊！或是……不想被妮哥看到。

她和我同一天生日，若是找到，一定會猜這個密碼。

那密碼必定和吳一生自己無關，因為他的一切，妮哥幾乎瞭若指掌。當年吳一生是在與我親如家人的日子裡，設下這個密碼的，所以我猜，有很高的機率，答案可能就在我身上了。

「0182」，喀！解開了。

是我的身分證後四碼。

日記裡夾著一張名片。

診所名片？吳一生……生病了？

先不管。

夾著名片那一頁，是日記的最後一篇，也是我們分開之前，他告訴我他要搬去跟妮哥住的那一天。

日記只有六個字：「我好想留下來。」

什麼意思？吳一生想留下來？那為何不告訴我？

往前翻閱，是吳一生開始戴金項鍊那一天。

黑字是原文，紅字是註解。黑字：「妮哥送我金項鍊，一人一條，說是定情物，戴了好不習慣。」旁邊紅字像是自言自語，說：「不戴會被她唸，戴著至少她會安靜一點。」

再往前翻，是換香水那天。

黑字：「都是陳庭庭害的，跟妮哥亂講話，害她誤會越來越深，現在逼我換香水換髮蠟。」紅字：「也不能怪妮哥，我有照顧她的責任，我必須對她負責。」

再往前翻，是他瞞著我騎機車載妮哥出去的那天。黑字：「醫生說五個月，真的很後悔，可否手術弄掉？」紅字：「我不能有這麼邪惡的想法。」

什麼五個月？什麼弄掉？什麼邪惡想法？吳一生生病了？需要動手術的病？剩下五個月壽命？

啊！診所名片。

細看，是婦產科。

妮哥懷孕……嗎？

怎麼會？

既驚訝又鬆了一口氣，幸好不是吳一生得了絕症。嚇到的是妮哥懷孕了。

再翻，是那年漆油漆的平安夜。黑字像是陳述事實：「妮哥的狀況越來越嚴重，以前只是鬧脾氣，現在會摔手機，甚至用頭撞牆壁。她今天竟然逼我做愛。」紅字像在拚命催眠自己：「都在一起那麼久了，也應該發生了，這很正常，沒事的。她是真的很愛我，她對我生氣發瘋，都是因為她非常愛我。我只是做了男女朋友應該做的事。沒事，沒事……」

「……」

左頁是凌亂的細節描述，閱讀時令人痛苦。故事是，平安夜我離開那晚，妮哥用力抱緊吳一生，摩挲他的身體。吳一生推開，妮哥卻在吳一生耳邊說：「你不會是同性戀吧？我們交往四年都沒做過，你如果真的是，那我現在就打電話跟你爸講，說你跟王翔禮做了見不得人的事。你爸心臟病會發作吧！我真的捨不得讓爸爸的身體受苦。」

我壓抑著激動情緒，抑制自己反胃噁心，腦海裡翻閱那天早上見到妮哥下樓，她妖嬈的姿態緩步離開，那副異常平靜的聖母笑，並不是平靜，而是春風滿面……她竟強迫吳一生做那種事？

對不起！吳一生，我不知道你這麼辛苦……

你又是為何不願意和我說……？

我以為我們是最好的朋友，發生任何事可以一起面對。

再翻。日記頭幾篇，大約是初搬來台北，剛同住時。

黑字：「我們都有自己該負責的另一半。」

紅字：「呵呵！」

再翻。

黑字：「我不一定能克制自己。」

紅字：「我一定要克制自己。」

再翻。

黑字：「隧道口，溫存一份擁抱。」

黑字被紅筆瘋狂畫上數十個叉叉。

再翻。第一篇。

黑字：「維持最剛好的狀態。」

紅字：「忍耐。」

閱畢。吳一生用我的身分證字號後四碼作為密碼的意思，是希望我看見？還是純粹不想被妮哥看見？若是希望我看見，那其中一定有希望我解開的信息，一定有期待被拉一把的部分……而那個部分，是什麼？

他感到痛苦的，他所糾結的，他所需要被我拯救的……他所有說不出口的……

我繼續翻找整間屋子，試圖找到線索。我們曾是那樣珍惜彼此，呵護對方，我們是最珍貴的家人啊！我們為對方好，我們擁有彼此便不再孤獨。究竟是哪裡開始出問題的？而你又在哪裡？

啊！那台我送他的 iPad，我記得他沒帶走。找到了。夾在床墊與枕頭間，完美保存。

長按開關。開機，有電。

密碼又是什麼？並不是剛剛試過的任何一個……

如果吳一生還在世界上，如果他還使用同樣的 iCloud，使用相同的 Apple ID，那同步系統一定可以讓我找到他。只要解開這台 iPad，我就能找到他……

線索……線索……我哪裡漏掉了……？

是陳庭庭。

吳一生日記裡有寫，是陳庭庭害的。她害了什麼？

我主動打給陳庭庭。她接到我久違的電話，開心的語氣卻被我打斷了：「妳六年前到底做了什麼？為什麼吳一生那麼痛苦？妳說。」

「沒做什麼啊！」

「妳再不說，我發誓我不會再和妳有任何聯絡。」

「你仗著我喜歡你，就威脅我？王翔禮，我喜歡你十年了，你知道嗎？十年！」

「妳確定是喜歡我？妳確定是十年？妳根本沒那麼偉大，這十年來妳交往了多少男人？妳根本不自愛，又有誰會真心喜歡妳？假癡情，別演了。」

「你太過分了！我跟別人談戀愛，哪一次心裡不是掛念你？」

「妳確定這是愛？妳根本不懂愛，妳有的只是一份執念而已。妳沉溺的，只是在感情裡義無反顧的自己。」

「你又有什麼資格講我？你這個騙子。你又何曾誠實面對自己？你連自己都騙。」

「我騙了什麼？」

「你以為我不知道嗎？每次只要關於吳一生，你都特別著急，什麼意思？你自己最清楚。你別以為騙得過我，從高中時候看到他寫在你手臂上的那串數字我就知道了。」

「什麼意思？什麼數字？」

「我不告訴你。你這十年欠我的，我要讓你後悔一輩子。」

「妳等一下！我……」

「你？」

「嗯……讓妳受傷了，對不起！」

「你不用顧慮我啊！我沒感受的。對不起幹什麼？反正下次還是對不起。」

「妳是我很好的朋友。」

「嗯？」

「這幾年我們聊了多少電話？我們傳了多少訊息？我不愛妳，但我在乎妳這個朋友。妳都沒注意到嗎？我為何要跟一個討厭的人保持聯絡？我不討厭妳啊！我想要妳好好的，想看見妳遇見屬於妳的幸福。我直接回絕妳，因為不想浪費妳的青春，但我依然陪著妳啊！」

「……」電話另一頭，是陳庭庭的啜泣聲。

凌晨三點的廢棄老屋很安靜，

話筒另一邊的陳庭庭也沉默許久。

「1330。」陳庭庭說。

「什麼意思？」我問。

「你跟我分手後我去找過妮哥，我跟她說了1330的事情。高中畢業的夏天，你跟吳一生很晚還坐在公園石椅上聊天，我突然出現那次，吳一生在你手上寫1330那次。妮哥聽了比我還生氣。我知道只要激發她的戰鬥力，她一定可以幫我拆散你跟吳一生。她不可能放過你們，因為吳一生是她向全世界證明自己也能和帥哥交往的工具。如果沒有吳一生，她怎麼在她家人面前抬起頭？

她高中時候跟我靠近，根本也只是想要證明自己長得醜，卻能跟漂亮的人當朋友而已。她跟我很好，那些男生就會順便跟她當朋友。但可笑的是，男生都只是為了從她身上獲取我的消息而已，她向那些男生洩漏我的行蹤，她把我當成交朋友的籌碼，藉由我來塑造她也很受歡迎的假象。我反過來利用她，剛好而已。她根本從未對誰真心，她只在乎她自己。」

「所以1330是什麼意思？」

我問，我快急死了。

「你都不知道嗎？1330，他寫在你手上的數字。我一看就猜到有那個可能，諧音，一生翔禮。諧義，一生想你。」

「……」

「喂……喂……王翔禮，你有在聽嗎？」

一生翔禮？我想起那些逢年過節的祝賀罐頭訊息，固定在下午一點三十分傳來的訊息，傳完後封鎖我，並且在下一次節慶再度解除封鎖，13:30同一時間傳訊息給我。這些行為的意義是什麼？是告訴我他的惦記？還是求救訊號？

那為什麼又要封鎖？為何不與我聯絡？

為什麼關閉社群躲起來？

我們真心相待的日子裡，我究竟錯過些什麼？

我翻找著回憶裡任何一點痕跡，毫無頭緒。

沒出國……

神祕的喜帖……

未知的求救訊號……

他的結婚對象又是誰……

大四那年分開後究竟發生了什麼……

故事必須從頭說起。

那年，王翔禮和吳一生，初相識。

那年，王翔禮單身。

那年，吳一生還沒認識妮哥。

第四章

約定依然清晰。

我預謀著你的預謀，
我偶然著你的偶然。

新的制服繡上我的名字「吳一生」。九月一日，開學第一天。如往常般，早晨出門前，窗外總會看見一位古怪的男同學，他老是低著頭，畏畏縮縮。每天只要早上六點二十，都會看見他在轉角發呆，閒晃。而我出門後，他會跟在我身後，直到公車站牌。

你是誰？又是同一套校服？我們升上同一所高中？有好幾次我想轉頭揍你一拳，或質問你為何尾隨我，但你嬌小的身軀實在無法讓我下手。欺負小朋友？我籃球隊隊長的體能不該如此運用。你覆蓋額頭的瀏海，四十五度下望的視線，方正乾淨的書包，總將雙手握在書包背帶上靠近胸口的位置，以一種對世界防備的姿態行走，是有多緊張。

你似乎已習慣，那種不被注意的存在。

在角落裡獨自無聲的狂歡，
你的孤單與冷淡，
大概是已放棄對緣分的期待。

從哪天開始的？我竟對你產生好奇，開始預謀著每天早晨與你相遇。六點二十，窗外有你，好，出門。你未曾錯過尾隨我的早晨，又或是，我未曾錯過能被你尾隨的早晨。

一年了，一切如舊，你一臉自閉症的蠢樣，笨拙的跟蹤手法，畏縮的步伐。我走進學校，又是那些對我格外熱情的女同學們，我微笑問好。接著是籃球隊的兄弟們勾上我的肩膀。開學第一天，老樣子，我的世界很熱鬧，卻與你無關。

坐在教室最後一排，我翹起椅子的兩支腳。晃著，心想大概又會是無聊的日子。

點名。

「十號，王翔禮！」「有。」

什麼？你今天尾隨我到我班上了？

不不，我們被分配到同班。

王翔禮，你的名字。

換座位。你進去選位置了，然後離開。而我卻燃起一股好奇心，想著跟那位笨蛋坐一學期，好像不錯。一副沒朋友的樣子，應該會是邊緣的座位。靠窗還是靠走廊？走廊太多人來人往，你肯定選窗。靠窗有五個位置，嗯……身高不高，前三排，三分之一的機率。好，我選第一排最角落。四面八方只有三位鄰居，極小化與人接觸的機率，還能背對全世界，多適合你啊！

於是，我從容走向這個無人與我爭奪的爛座位，連黑板另一側幾乎都看不見的邊緣。上完廁所回來，看見你已趴在桌上打瞌睡，如我所料，你就是會選這樣的座位。

你是要睡多久？課本也不去領。幫你領吧！製造一個你與我產生對話空間的機會，讓你好好感謝我一番。而書本放下的瞬間，搧起微微空氣流動，這是什麼？我聞到你身上的味道，是出門前洗過澡？還是自然體香？不知道，但挺好聞的。

「課本我幫你拿了，你要確認一遍嗎？」我忍不住想叫醒你。你的手臂微微抽動，是醒了吧！裝睡？害羞？

「你醒了吧！」我說。

而你抬起頭。

你醒了，近距離注視著我。你慢半拍的反應，視線停留在我的眼神過了好幾秒。瀏海下方的單眼皮與小眼睛像睡不飽而瞇眼的貓咪，白嫩的臉頰與吹彈可破的嘴邊肉，濕潤光滑且微微嘟起的嘴唇……

我好像……

很想……

和你做朋友？

願能以心換心，
不負初心。

可有些感情，
從出生便注定……
只是友誼。

體育課結束，你遲遲沒有回教室。我傳了幾則訊息，向學校裡消息靈通的人探聽，得知你被關在男廁最後一間。我又傳了訊息給欺負你的人作為警告，當然不止警告。放學後你還趴在桌上睡覺，我有件重要事得去辦——先去揍那些欺負你的人一頓。

找到他們，從背後聽見他們的訕笑：

「那個啞巴隨身攜帶的藍色水壺裡裝的是啞藥嗎？」

「不是啞藥，應該是同性戀藥水。」

「喝下去會變成同性戀。」

「娘炮專用水。」

「那你把它砸碎了，他不能繼續當同性戀了。」

「我們替天行道。」

五人哄堂大笑。

我伸手拉了身高最高的那一個，其實再高也不過是跟我一樣高而已。我朝他臉上揍一拳，其他人輪流讓我揍一頓後，發誓不再欺負你。他們給了我兩千元，說是向你道歉的誠意。我拿了錢，幫你買了一個新水壺，銀色的，不曉得你喜不喜歡呢？

回教室途中，看見你一個人往頂樓走，你是要做什麼？我悄悄跟著你，越看你越不對勁。我趕緊伸手拉住你，明明和你還不熟，情急之下卻把你緊緊抱住，那是一種擔心，你要是消失了，我想我會不好受。

你竟然掉了眼淚，而我竟然感到心疼。

後來，你走進了我的生活。

本以為你只是個害羞的笨蛋，卻在與你同坐一個禮拜後，承認是我膚淺。你和我過去一年的想像不同，你冷漠的外表下是有趣的靈魂，有豐富的想法，幽默不輕易示人。你對世界充滿防備，不容易走進你心裡，可一旦踏進去，眼前是無限的寶藏。

後來，你漸漸變得外向，開始與人說話，與我談心。平淡日子裡，你豐富了我的日常，我開始沉溺於每一個上課的日子。為什麼？你笨拙的蠢樣，讓我老是想要照顧你。

說是照顧，也不算，或許只是我的自我滿足。你穿著我的外套，總讓我有一份安心感。也總想買一份你的早餐，不知不覺記下你愛吃的食物，喜歡的飲料，討厭的人事物。

體育課你都躲在樹下，不喜歡一群人運動，只喜歡一個人游泳。這樣不行啊！這種男生最容易被欺負了，必須終止這個現象，卻又不願改變你原始的樣貌。於是，在通往廁所的走廊上，我搭著你的肩，你就該在眾人面前跟我待在一起，他們才會知道你是我的人，以後，誰也不敢碰你。

日子一天一天過去，與你也越來越親近。

你開始願意與我分享你的內心，

我也發現，似乎只有你懂我的孤獨。

最好的朋友，我要全力保護你。

那日球場上，球隊兄弟開了我一句玩笑：「你跟男朋友很幸福喔！」我反常的大發脾氣。為什麼這個玩笑對我而言如此難笑？為何我又會如此生氣？

不是的，不是啊！我和王翔禮是最好的朋友。要是被這樣謠傳，那王翔禮還得再遭遇多少霸凌？我不能害到你，這個玩笑不該存在。

我在球場上打了那位兄弟一拳，他說是隔壁班女生亂傳的，他也只是開玩笑，沒別的意思。哪個女生傳的？隔壁班全部女生私下都在講，誰先開始的，不知道。

問不出結果，我隨手拿了抽屜的告白信紙。又是告白，每個禮拜都會收到。這次是誰？隔壁班那個黑黑的女生？

上次和你一起去瞄過她一眼。她生日跟你同一天，跟亂傳我們謠言的女生們同班。不然就試試看，談個戀愛，大概可以阻止這個謠言。

告白信紙上，寫了我的手機號碼，信紙送回去。

和她講了一通電話，似乎還算聊得來。回了簡訊，答應交往。有了交往對象，謠言就該結束了。不要覺得我付出太多，我早就想談戀愛試試看了，球隊的兄弟幾乎都有交往對象，我卻還沒遇見喜歡的女生。

沒事。不過是一個不討厭的選擇。

至少，我盡責保護了你。

愛，是遇見一份相同的心意；

可我們

以相同的心意相遇，

卻在相同的身體裡

被迫失去。

妮哥告訴我你有喜歡的女生時，我的感受很複雜。為什麼我的心會痛？胸悶與難過的感受又是什麼？你，我的摯友，喜歡上某個女生，我應該替你感到高興，為什麼卻是難受？

我試著想要給自己一份解釋：「因為我是從別人口中聽見的，不是你親口告訴我的。」身為你最好的朋友，我卻是從別人口中聽見你的人生大事，這太讓我傷心了。對，只是因為這樣，我只是因為沒有被你告知而感到難過。

沒錯。

答案出來了。於是我打給你：

「王翔禮，你有喜歡的女生怎麼沒告訴我？我還是從別人那邊聽來的，我氣炸了。你怎麼瞞著我？兄弟當假的？太誇張了！告訴我，是誰？」

你喜歡陳庭庭。妮哥說了無數次：「我們一定要好好幫你一把。」我說當然，畢竟是我最好的朋友。陳庭庭我也認識，於是隔天便幫你們約了午餐。我們三個人的午餐，我發現陳庭庭比平時多話，她大概不排斥你。可是為什麼？我的心卻有點痛。

在你與她吃飯的過程中，我選擇先離開，對你比了讚，要你加油。或許我的心痛，是一種由衷的感動。感動於我的兄弟啊！你也談戀愛了，你長大了，不再是需要被我保護的王翔禮了。

那個下午，歷史老師朗讀你傳給我的紙條。我應該替你感到高興，畢竟全校都在鼓譟與祝福。但我卻笑不出來，連一句恭喜都是勉強說出口。這份感傷是什麼？或許，只是感慨於我們兄弟倆單純的日子結束了，各自承擔了女朋友。

但我也承諾你，愛情不會影響我們太多，
兄弟間的日子，照樣過。

為了讓我們的好日子能照樣過，我得先解決妮哥那個大醋桶，連我跟兄弟相處都要計較。那天凌晨她打了電話來，我卻與你通著電話睡著了。隔日她搶了我的手機，密碼是「0503」，被她猜到了。

她先是感到備受寵愛，畢竟男友用她的生日當作密碼。

後來她看見我凌晨與你的通話紀錄、通話時間，
她立刻瘋了。

「吳一生，這件事我如果跟陳庭庭講，她會跟王翔禮分手吧！你不想害你最好的兄弟失戀吧！吳一生，你只要照我說的做，我絕對會對這件事保密。」

於是我聽妮哥的，把社群大頭貼換成與妮哥的合照，並把感情狀態改成穩定交往中。即使起初我不願意，但一個轉念，我卻答應了。

——這是我保護你的方式，以兄弟的名義。

我想看見你幸福……

後來的日子，你談戀愛，我談戀愛，我們卻從未疏忽彼此。畢業後的每一頓晚餐，坐在老地方石椅上與你聊天，上大學後的同居生活，還有……我竟然牽了你的手。牽手？完蛋了！我竟然做出這種事。

不對，不對！牽手的意義有很多種，但絕對不是我想的那種。爸爸與兒子會牽手，閨蜜間也會牽手，兄弟間為什麼不可以？對吧！我說的對吧！

可是，你怎麼一點也沒有反抗？你也是這樣認為吧！我們的兄弟情誼，已經超越愛情，家人般的珍惜。牽著你的手，我們在深夜的巷弄中，散步回家。

只能到這裡，只能到這裡，我告訴自己。

你不問，我不說。
你不退，我不讓。
你不追，我不等。
我們的感情，便悄悄疏離了。
也許分離，相遇時，已注定。

搬離我和王翔禮的家，搬進和妮哥一起租的房子。見過一次她父母，她父母見了我爸。婚禮、安胎、坐月子，全數開銷他們決議雙方各半。雙方家長直接決定了結婚的事。我與妮哥，一毛錢也不用付，可我卻像欠債般，一點也不覺得輕鬆。

我父親、岳父母的那些花費，像要我賠上一輩子來償還。

妮哥的懷孕過程並不順利，她必須進醫院安胎。她決定在醫院待幾天便離開，趁肚子還不大時，儘速舉行她嚮往的婚禮。婚禮的一切我都不需過問，都是她在決定。她像一位導演，更像一位編劇，規劃了婚禮這齣劇，而我是男主角。絢麗的婚禮是她的夢想，而我是完整這份夢想的一塊拼圖。

其實，我只想低調結婚，好好負責，一點也不希望鋪張，也不願意向任何朋友炫耀。起初她也算體貼，與我達成協議，賓客只邀請三十位親友，不要太熱鬧。

她卻提出一個驚人的要求——寄一份喜帖給王翔禮。

「你最好的兄弟，我們結婚，他怎麼可以不來？你不邀他，他會很難過喔！」

妳出於善意？

「不用，我突然搬走，什麼都沒交代，他一定很受傷，就不要再打擾他了。」

我真心不願意王翔禮看見我的這一天。

「你如果不邀請王翔禮，那我邀請所有高中同學，如何？王翔禮到時會發現全世界只有他沒被邀請，這是你想看到的嗎？」

好吧，我辯不過妳。

喜帖寄出。

遺憾的是……喔！不，對我而言或許不算遺憾。幸好，她在醫院臥床一百五十天。為了胎兒著想，長輩們強制取消了婚禮。妮哥或許也知道，如果沒有這個孩子，我可能不會走進婚姻，於是她妥協了，婚禮暫緩。胎兒狀況不穩定，我不該幸災樂禍，那畢竟是我的兒子。這個邪惡的想法稍後我會把它從我腦中刪掉。

在醫院的日子，我和她朝夕相處，漸漸習慣了有她的生活。其實，除了王翔禮是她心中的一根刺之外，日常裡的一切，我們都能相處融洽。我不排斥她的任性，任性的女生，總讓人想多照顧一點。

懷孕以後，她加倍任性，給我不少難解的任務。比如她想吃金桔，卻不是在金桔盛產的季節，我翻遍整座城市的夜市、超市、進口水果行都找不到。於是，我回到從前那間王翔禮愛喝的手搖飲料店，拜託老闆把庫存的冷凍金桔賣給我。王翔禮最愛喝酸的飲料，也愛酸的水果，金桔是他的熱愛。所以我有印象，這間店會有。

「冷凍的不新鮮……我不吃。」

妮哥一口拒絕。

孕婦嘛！我儘量配合她就是。但也不想浪費，於是我把冷凍金桔泡入水中，當作飲料喝。病床上妮哥正閱讀一本外國文學家的著作，病房很安靜。而她突然掉下眼淚，我緊張了，都待在醫院臥床了，太強烈的情緒對胎兒不好啊……

「你從來都沒有懂過我，你不是真正愛我，你只是比較願意配合我。」

她啜泣時，一邊抱怨著我。

我不知道該說什麼？

她挪動身軀，拿起飲料店的手提袋：

「這是什麼鬼？這家飲料店？又是王翔禮。他都已經滾蛋了，都認輸了，都滾了，到底還要出現在我的世界裡幾次？」

這是我第一次看見妮哥掉眼淚，她從來不輕易示弱。

「我如果不喜歡妳，為什麼要待在這裡？我可以丟下一切走掉啊！妳先冷靜。我會對妳負責，為什麼妳就是不相信？」

「對，負責，負責，負責！負責！負責！負！責！你對我只有負責兩個字，嗚嗚……」

她哭叫著，吼叫著。紛擾的空氣中，歇斯底里的「負責」二字散落一地。

什麼時候，我的負責變成一種錯誤了？

我沒說話，直到妮哥冷靜下來。她問我：「吳一生，我跟王翔禮有許多地方相似，生日也同一天，你對待我的方式，跟對待他時……很像。我不能接受！我想不通，我和他有同樣的靈魂，只是裝在不同身體裡，為什麼你不能喜歡我？」

「我怎麼會不喜歡妳？我現在站在這裡，不就是最好的證明？他是我最好的朋友，但妳是我的另一半啊！」

我說完了，妮哥冷靜許多。

爭吵結束，我瞥見妮哥手上讀的書，和王翔禮閱讀的是同一位作家的作品。妮哥和王翔禮一樣，都喜歡格雷安葛林的作品，而妮哥畫下的螢光筆是：

「沒有任何人能徹底理解另一個人，
也沒有任何人該負責另一個人的幸福。」

在世俗定義的愛情和友情之間，我選擇了愛情。

王翔禮，你過得好嗎？每個節慶，我會在下午一點半傳訊息給你，拋下你的我，似乎沒有資格給予你更多關心。以現在的狀態我也沒有臉面對你，只能遠遠祝福了。如果你看得懂13:30，你便會理解，我還是惦記著你吧！即使我們無法像從前那般相處了。

我依然會在睡前想起你，在心裡和你說聲晚安。印象中幾乎沒聽你說過晚安。因為我總在你說晚安前，先在另一頭睡去。你說等我睡著你才睡，是讓你安心的習慣。

我們幾乎不曾道別，沒有再見，沒有掰掰。只有待會說，待會兒聊，等我一下。無時無刻保持聯繫。

記得小時候，你不喜歡道別。你說所有的道別裡，你最喜歡我說的「明天見」。

那比起道別，更像是承諾
——承諾你一個有我的明天。

後來，我們之間不再有明天見。
睜開眼，我們相伴彼此身邊。

同一個房間，同一所校園，同一輛摩托車。
我們的好日子裡，再也不需要明天見了。

直到那一次，匆匆與你分別，
才驚覺我們花了整個青春相伴，卻從未練習過道別。

於是呆愣的聽著你喊著我，我卻背對你而去。
沒有再見，沒有明天見。

後來，我們卻再也不見⋯⋯

為了避免妮哥查訊息，傳送後我會刪除訊息，並封鎖你。如此不堪的我，後來關了所有社群帳號，更換手機號碼，不想收到任何關心，每解釋一次，痛苦一次。

兒子三十二週便早產出生。抱著兒子的瞬間，我便決定拋棄過去了，他是我的兒子，因我而生，我必須對他的生命負責。我與妮哥簽字，正式成為法律上承認的夫妻。

那天，發現我的肩膀日漸沉重，並鐵了心要斷絕與你的聯繫，傳送了那則「出國打球不要聯絡」的訊息，其實只是一句不誠實的爛藉口。

有了兒子以後，現實壓力下，妮哥在照顧孩子的勞累中放棄了婚禮。而我放棄了籃球選手的夢想，必須找一份收入穩定的工作，於是考了體育老師，回到我和你讀的高中，我們曾一起曬著夕陽的球場。在這裡工作，徘徊在青春，我與你最美好的時光裡。

二十八歲那年的農曆新年，我在體育室接到一通電話，同學會的邀約。

「吳一生，我是班長。記得我嗎？你很難聯絡耶！跟以前的高中老師聊到，才知道你回學校當老師。今年要拆時空膠囊，十年前全班約好的，不能不來喔！我們規定，不能攜帶伴侶，請帶著高中生的心情前來。」

「王翔禮會去嗎？」

「哈哈！你怎麼跟王翔禮問一樣的問題？」

問一樣的問題！

他想逃避我？

還是想見我？

這一次……

我們……

有沒有可能，不再錯過？

第五章

再相遇。

有些人，
即使日日相見，卻不曾被惦記。
而我們，
即使不再聯繫，卻從未忘記。

這個平安夜的凌晨，我瘋狂闖進我與吳一生大學時同住的家，再與陳庭庭通電話，得知1330的意思。我錯愕著，吳一生究竟如何看待我？如果重來一次，如果我再跨越多一點點，是否一切會不一樣？而他現在又在哪裡？他又怎麼想？

電話另一頭，陳庭庭還在說話。我顧不上她。

先是錯愕放下手機。

又趕快拿起來。

掛掉。

現在不是遺憾什麼的時候。

趕快測試吳一生的iPad密碼是不是1330。

登入了。

開啟我的手機熱點，讓 iPad 連上。成功了，它開始同步更新 iCloud 的照片以及各項使用資訊。

備忘錄、記事本，嗯，沒有資料，看來吳一生還是習慣手寫。

臉書，嗯，進不去，果然刪掉帳號了。

行事曆！

星期一下午兩點 302，下午三點 303，星期二下午三點 304，星期三下午三點 305。這些數字是什麼意思？無解。不過這至少證明，吳一生還好好活著，他有持續更新行事曆，這讓我放心不少。

照片，好少。他這幾年都不拍照嗎？

找到了。照片是籃球場，日期是三週前，我們從前一起躺著聊天的高中籃球場，他練球的高中籃球場。他在這裡，他在我們的家鄉，他徘徊在屬於我們青春的那座籃球場。

下個月的同學會，我必須參加。

或許，我能改變什麼。

那個夜晚，或許什麼都有可能……

願我們
不見，不遺憾；
再見，如初見。

同學會這夜，我在屋外徘徊許久，終於鼓起勇氣入場。進門便是吳一生的背影。吳一生，我看見你了，你背對門口而坐。身旁有一個空位，你的正對面也有一個。我卻沒有勇氣坐到你身旁，而是選擇坐在正對面，先試探你的視線。

同學會這夜，我觀察你許久。你像是吳一生，卻也不像，失去了當初溺愛我的氣息。六年真的不算短，人終究會變成大人。在我持續觀察你，你卻不斷無視我的情況下，我經不起回憶，經不起你的刻意忽略，所以我選擇離開。

太難了，六年前被你扔下的心結，我解不開。

自動門打開。

含著的淚水尚未落下，匆忙和老同學道別。

我獨自走進冬夜。腦海裡，翻閱那些年，一日日疊起的回憶。

突然間，左手被一股力量拉起。

回頭。

是吳一生。

我還來不及拭去掉下的眼淚，你先說了一句：「又讓你掉眼淚了，對不起！」

「我沒事，不是你的關係，不用擔心。好久不見喔！你看起來過得很好。我家裡還有事，要先離開了。」

我馬上甩開你的手，不想再被扔下一次，我只想逃。

才往前走了幾步。

「這麼急著走嗎？馬上要拆時空膠囊了。」你說。

我再往前走幾步。
當年被拋棄的感受，竟在此刻，如此刺痛。
「你不好奇我寫什麼嗎？」你又說。

我停下腳步。背對著你，眼淚再也止不住。
而你走上前，沒有擁抱我。
你只是將右側胸膛靠著我的左肩，伸手摸摸我的頭。

你的體溫
如那些年般溫暖著我。
我記得
這是你，依然是你。
總是平靜而溫暖，陪伴著我。

想永遠陪著你。

可不可以……

餘生的好日子裡，有你？

老同學們步行到高中校園，班導師私下開了一間教室讓我們使用，眾人以高中三年級最後一次座位的排序而坐。當然，吳一生坐在我的右手邊。

班長拿出時空膠囊。十年前匆忙埋下的鐵罐，在土壤中已生鏽，紅土和鐵鏽包裹的塑膠袋裡，放滿一張張當年的作文紙，我們寫下的字條。

以抽獎方式，將抽到的內容一一朗讀。

朗讀後，發現多數人寫下的，看似夢想……

實質卻是遺憾。

那些想當設計師的，擔任基層助理工作多年，難以向上爬。

想賺大錢的，每日庸庸碌碌，
換來一份失去生活的薪水。
想和愛人結婚的，早已分手，另結新歡了。

大人們，我們，大多迷失在日復一日的乏味日常。
我們總把長大後的日子想得過分美好，全力以赴，卻未能如願，而後，選擇妥協，放棄。

「下一個是誰？吳一生。」
班長抽出了吳一生的字條。
拆開。朗讀。
「想永遠陪著你。」

眾人歡呼。有人說，這張紙條是你向女友的真愛告白。班長說不，是老婆了。看來吳一生實現諾言了。

在歡笑聲中。我看著你，表情是一種不好意思的微笑。我卻撇開頭，只想在歡笑聲中悄悄隱忍淚水。

只有我知道，只有我知道……你是寫給我的，我就是知道。你想永遠陪著我，對吧？我們的曾經，被永遠放進彼此心裡。

你微笑。我濕潤著雙眼，也對你微笑。

「下一張。王翔禮。」

「來，看看王翔禮寫了什麼？」

班長朗讀我的字條。

「永遠和你在一起。」

「王翔禮寫的是永遠和你在一起，兄弟間真有默契！」

「可是分手了，」一眾人大笑：「那時和校花愛得好轟動啊！」

我看了右手邊的你，發現你也正看著我。

你的雙眼泛紅，那份濕潤，與我相同。

你知道吧！

我所寫的永遠。

我們都曾悄悄誓言的永遠。

這輩子，來不及永遠。

同學會結束，我們一起躺在籃球場上。如十八歲時，兩肩膀相倚。終於能靜靜與你說上話，想告訴你許多，卻似乎什麼也不必說。你願意將胸口貼近我，便是一切的答案。

這是幸福。曾在孤單中與你相遇，兩個孤獨的靈魂，在茫茫人海裡，我們看見彼此，抓緊彼此，誓言永遠，只願永不放手。而我們不幸分離，如今，卻能再次相遇。

這一次，要是緊緊抓住，是否就能一輩子？

這一次，我想好好問你……

「吳一生，在我心裡，你一直對我付出溫暖，你為什麼如此……珍惜我呢？」

你沒有回答，卻擁抱了我。我們相擁在球場上。

這次，你的擁抱很緊，我也使勁想抓住現在。
這次，我們都不願意放手。

這次，我埋進你的胸口，聽見你的心跳。
這次，你溫暖的身體，把我的心烘得暖暖的。
這次，我的側頸感受你的眼淚滑落，濕了我的肩膀。

我的手機從口袋滑落，遺落在綠色球場的三分線上。
你拾起。

你輸入「0121」，解開。你含著淚，卻笑得好開心。
我搶過你的手機，輸入「0503」，也解開。
我先是看著解開的手機，沉默許久。
後來我也笑了，謝謝你，依然溫暖著我。

我的笑中含淚。
一份難以定義的情緒讓我掉下眼淚。
我們依然使用對方的生日，作為各自的手機密碼。

那麼多年，我們都沒變。
像是會一直放在心中珍惜彼此般，即使不在身邊。

你看我，我笑著掉眼淚。
你立體的臥蠶也笑著，眼角卻也滑落淚水。

不願等你回答我的問題。
我接著對你說：
「我不喜歡永遠，我不要永遠。永遠不適合我們。」

在你胸前深吸一口氣，溫存你鎖骨邊緣淡淡的香氣。
我將殘留在胸口的悸動緩緩呼出，平靜了我的心跳。
你沉默很久……
我們安靜的躺在凌晨漆黑的球場上。
你對我說：
「下週我的婚禮，一起來嗎？」

我們約好，下輩子。

早已和妮哥登記結婚的我，還欠她一場婚禮。
補辦的婚禮上，我一步步走進禮堂，眼前是王翔禮，你在客座席，我與你相視而笑。我們都知道，在彼此的生命中，是最珍貴的存在。

王翔禮，你說你不喜歡永遠。
永遠不切實際，我們之間不該存在永遠。

但你喜歡下輩子。
說下輩子還要再和我遇見。
但你卻嫌我當朋友很爛，
爛到下輩子你絕對不要和我當朋友。
起初我不懂，我只想和你永遠待在一起。

此刻，我理解了。
這輩子我們不適合永遠，永遠的朋友太辛苦。

或許不當朋友，
是不是就什麼都有可能？

我答應你，下輩子。

下輩子，再一起吃飯，好嗎？想成為與你分擔房租的分母，當你的摩托車司機，當你吃晚餐的夥伴，我想再次成為你的枕頭，成為夜晚伴你入睡的棉被，成為你冬日裡的外套。

下輩子，不當你的朋友。
當你的家人，我們就別再分開了。

好好再見，不負遇見。

客座席的我，看著你牽著她一步一步走進禮堂。

你依然是你，曾擁抱我，曾呵護我，曾用力在青春裡緊緊抓住我的你。我依然是我，曾跟隨你身後，曾為你付出，曾為了我們而奮力一搏的我。

我們依然珍惜彼此。

當我遠望你，當我告訴自己，該好好轉身離開……
我卻好想時間靜止，靜止在我們相識的那個夏末秋初。
好想時間靜止，靜止在我們肩並肩的那些日子。
好想……好想……
好想將日子倒轉到我們牽著手散步回家的日子。

既然互相珍惜，為何再一次錯過？
只因為我們長大以後，都有各自的人生功課要做。

吳一生，我們真的不適合永遠。曾想過，要是一輩子與你賴在一起，那該多好。直到那天在球場上，我們擁抱的那天，我解開你的手機，看見螢幕背景圖片，是你抱著兒子的合照。照片中的你很幸福，我才突然意識到

——我不要這輩子的永遠，這輩子我們來不及。

當爸爸的感覺，應該很棒吧！我相信，你會成為比你父親更懂得付出愛的父親。你如此溫暖，也希望你的兒子能擁有你的溫暖。

而我呢？

請不要擔心，你將一直住在我的心裡，我會好好的。

因為你，我學會了如何付出愛，接受愛。也在今天，學會對自己誠實。未來的日子，我會帶著一份自由，好好生活，連你的份一起生活下去。

該結束的關係，好好再見，不負遇見。

那些曾經珍惜，卻已經離我們而去的，也不需遺憾，不必難過。因為愛不會消失，愛只是轉變成「不再聯繫」的形式，卻繼續存在於我們心中而已。

我們再一次選擇錯過，將感情走散了。但有些放手，並不是不愛了，也不是不想要了。有些感情，能靜靜祝福，遠遠看一眼，知道對方過得很好，如此就夠。不是每段逝去了的緣分都需要拚命尋回。

不必道別，不必感傷。
愛沒有消失，刻在心底的，便是永遠了。

結婚禮堂的講台上，你戴著那只手錶，
是大學時期，我送你的手錶。

下輩子，約好一起相伴到老。

吳一生，謝謝你
遇見你，是我生命中……最好的事情。

下輩子，我會陪著你。

回到那年，那一天。

日落，迎風。銀色的舊單車，在新填上的柏油路逐漸轉動，踩著腳踏車踏板，輪轉，呼吸初涼的秋風，如年少時清爽，青春的人群步出校門，亦如舊時般青澀。

車輪疾速轉動，我迎風穿越步行的放學人潮，而人煙逐漸稀少，草地，樹林，海堤，黃昏的光輝映照海浪上。當我遠望橘紅色的海洋另一頭，心底浮現的回憶仍然暖烘烘。吳一生，你好嗎？

我依然記得，當年回頭望你，背著書包的你，白色單車，你騎乘我身後，緊緊跟隨。夕陽下，你也望向我，餘暉與我們之間，閃爍著一整片海的自由。照亮我的不是夕陽，而是你揚起的溫暖笑窩。

那年，夕陽下的吳一生仍有溫暖且上揚的嘴角。

我們騎乘在秋日海堤。

那年，那一天，那個秋日黃昏下，人生的分水嶺……

我常常想，要是那年，我再誠實一些？要是那年，我們都再向前一點點？要是那年，我死賴著不放手？要是那年，我們都能奮不顧身？要是那年……

我們回到那年。

銀色是我，白色是你，日落，迎風，你騎在我身後，像在確保我安全般，緊緊跟隨。那年，你成為我放棄也無所謂的生命裡，值得繼續呼吸的理由。那年，我回頭望你，背著書包的你在夕陽下，暖烘烘的，揚起溫暖的微笑。

「嘿！」你喊了我一聲。我回頭，你已下車步行，見你下車，我亦下車，站立於原地，等你緩步向我前進。

望著你，心中浮現一份單純而無限的幸福。

願待在我們的好日子裡，天長地久。

你如常主動拿起我的書包，替我背著，並肩而行，你的步伐卻呈現一種不尋常的緩慢，像是有話對我說，卻不開口。

而我抬頭看見你的臉頰正好擋住整顆夕陽，陽光順著眉骨，鼻梁，鼻尖，雙唇，走到下巴，繪出你的輪廓，你逆著光。

沉默異常。

你的語塞很反常，你肯定有沒對我說的話。

你家先到。說了再見的你，沒看我一眼。

我看著你背對我而去，我低下頭，準備離去。

你突然鄭重喊了我的名字。

我的全名：「王翊禮。」

你緩緩向我走來，我站在原地，回頭看你。

我從未見過如此嚴肅的你，像是做出人生最關鍵之決定一般。

「王翊禮，我有一件重要的事情，想對你說。」

我看著你一步一步向我靠近，每一步像是堅定。我只是看著你，猜想是什麼事情？什麼事情會讓你如此嚴正以待？關乎人生？關於我們？

「關於我們嗎？」我問。

「我想親口對你說。」你答。

距離咫尺之間，你靠我很近，我感覺到你的焦急，我的心跳也在我們的沉默之間，越跳越急。你的喉結上下位移，是嚥下什麼？一份膽怯？你的眼神刻意堅定，卻在直視我的那一刻，瞬間閃爍飄移。

你在閃避什麼？你的真心？

看著你，我忐忑。你想對我說的……是什麼？

是我想的那樣嗎？我已經準備好了。

這兩年來我已經準備好了。

我想過無數次未來的模樣。

我們一起畢業，一起上大學，一起長成大人。

再多困難你都可以說出口，再多麻煩我們都能共同面對。

世界不一定充滿善意，
而我們總有替對方著想的心意。
我們保護著彼此，
我們期許給對方最好的自己，
我們願意攜手共度萬難。

我準備好了。
我願意。
我可以。

張開雙臂的你，擁抱了我，埋進你的胸口，你的鼻息縈繞我耳梢。你輕聲說了一句：「你會不會害怕？」

我放大的瞳孔左右輕顫，窩在你的校服外套，你看不到。但緊緊貼合的胸口卻能感受到彼此慌亂的心跳。

「別害怕。我在這裡。」

語畢，抬頭凝視你，我揚起嘴角，你的臥蠶也在笑。

原來幸福，是確定你很幸福；

幸福，是看見你的坦誠與輕鬆。

時間在此刻將時空分流成二，未來的萬難，我們與共。

我們，終將在好日子裡，天長地久。

一念之間，那年的分歧點，海的另一頭，另一個時空，另一種決定，我們都成了誠實的大人。

想永遠陪著你。

永遠和你在一起！

真實故事改編

紀念　我們的青春故事

寫在最後

我是本書作者黃山料。
許多讀者已在社群裡閱讀過我的文字，
而這是我的第一部小說，
記述與改寫了生命裡重要的故事。

愛而未果的故事裡，最令人傷心的……
不是失去了某個曖昧對象，
而是各種跡象都足以證明你們如戀人般。
卻只有身為當事人的你最清楚：
你們的距離有多遙遠，
而你的一廂情願有多委屈。

歲月將疼痛淡化，
留下被淡忘的疤，
自癒後，
我們才會明白：

曖昧的結果，不一定是得到一份愛情；
愛過的意義，也可能只是為了「更認識自己」。

愛，驅動我們用盡全力在一起，
成就一段相知相惜的感情，
有約定，有承諾，有回憶。
但愛的目的，並不總是相伴終老的圓滿。
我們必須更加愛著那個不再圓滿的自己，
抬起頭，向前行。

人的一生有許多人走進我們生命，
卻不是每段緣分都能攜手到最終。
生命裡大多數的緣分，
都不是用來白頭偕老的，
而是用來使我們成長的。

長大就是這麼一回事，
相遇與離別都將習以為常。
能夠好好再見，不負遇見，就不枉費這段緣分了。
沒有結果，有時，就是一個最好的結果。

不論愛的結果如何，
不論義無反顧是否換來收穫，

在愛裡，我想長成一個

——誠實，且從容不迫的大人。

謝謝你們閱讀完，謝謝你們的陪伴。

期待能在下部作品，再次與你們相見。

好好再見
不負遇見

國家圖書館出版品預行編目資料

好好再見 不負遇見 / 黃山料作 . -- 臺北市：
三采文化股份有限公司 , 2021.12
面；　公分 . -- (愛寫 ; 53)
ISBN 978-957-658-704-7(平裝)

863.57　　110018636

◎封面圖片提供：
raisondtre - stock.adobe.com

suncolor
三采文化集團

愛寫 53

好好再見 不負遇見

作者｜黃山料
副總編輯｜王曉雯　主編｜黃迺淳　視覺指導、封面題字｜黃山料
美術主編｜藍秀婷　封面設計｜高郁雯　內頁設計｜高郁雯
專案經理｜張育珊　行銷企劃｜蔡芳瑀
內頁編排｜陳佩君　校對｜詹宜蓁

發行人｜張輝明　總編輯｜曾雅青　發行所｜三采文化股份有限公司
地址｜台北市內湖區瑞光路 513 巷 33 號 8 樓
傳訊｜TEL:8797-1234　FAX:8797-1688　網址｜www.suncolor.com.tw
郵政劃撥｜帳號：14319060　戶名：三采文化股份有限公司
初版發行｜2021 年 12 月 30 日　定價｜NT$380
21 刷｜2024 年 7 月 10 日

著作權所有，本圖文非經同意不得轉載。如發現書頁有裝訂錯誤或污損事情，請寄至本公司調換。All rights reserved.
本書所刊載之商品文字或圖片僅為說明輔助之用，非做為商標之使用，原商品商標之智慧財產權為原權利人所有。